文学之都·青柠檬丛书

交叉感染

宋旭东 著

南京出版传媒集团
南京出版社

图书在版编目（CIP）数据

交叉感染 / 宋旭东著 . -- 南京：南京出版社，
2021.3

（文学之都·青柠檬丛书）

ISBN 978-7-5533-3177-5

Ⅰ . ①交… Ⅱ . ①宋… Ⅲ . ①长篇小说—中国—当代
Ⅳ . ① I247.5

中国版本图书馆 CIP 数据核字 (2021) 第 011328 号

丛 书 名	文学之都·青柠檬丛书
书 名	交叉感染
作 者	宋旭东
出版发行	南京出版传媒集团
	南 京 出 版 社

社址：南京市太平门街53号　　　　　邮编：210016

网址：http://www.njcbs.cn　　　　电子信箱：njcbs1988@163.com

联系电话：025-83283893、83283864（营销）　025-83112257（编务）

出 版 人	项晓宁
出 品 人	卢海鸣
责任编辑	孙海彦
封面设计	朱赢椿　戴亦然
封面插画	风 四
版式设计	石 慧
责任印制	杨福彬

排 版	南京新华丰制版有限公司
印 刷	南京爱德印刷有限公司
开 本	880毫米×1230毫米　1/32
印 张	7.5
字 数	150千
版 次	2021年3月第1版
印 次	2021年3月第1次印刷
书 号	ISBN 978-7-5533-3177-5
定 价	52.00元

用微信或京东
APP扫码购书

用淘宝APP
扫码购书

青春因文学而不朽

丁 帆

　　看到一句话十分感动："青春不死！"言下之意，就是《青春》杂志不死。而从广义的角度来说，这世间一切生命的理想和欲望都是想永葆青春活力的。然而，青春易老，驻颜难求，唯有文学才能使青春不死。

　　多年前，当方之在为筹办南京市的一个杂志而殚精竭虑、耗尽最后一息生命之时，中国文坛记住了1979年这个难忘的金秋——在那个充满着文学青春活力的时代，《青春》杂志诞生了。她照亮了许许多多文学青年圆梦的道路，几十年间，一批又一批的作家从这个摇篮中呱呱落地，在蹒跚中走向了诗和远方，她成了中国文坛培养青年作家的地标性刊物。

　　毋庸讳言，20世纪90年代的商品文化大潮无情地冲击着人们的文学理想，当文学成为消费文化的奴仆时，青春不再了，"青春几何时，黄鸟鸣不歇"（李白），"泥落画梁空，梦想青春语"（吴文英）。这样的悲凉却是几代文学青年心头之痛。然而，在21世纪的第二个十年到来之时，带有"青春"标识的文学复活，则搅动了新时代文学青年的青春之梦，她会又一次成为新世纪文学新人的摇篮吗？《青春》作为一份以培养文学新人为办刊宗旨的杂志，尽管有许许多多困扰羁绊当道，但是她主办的"青春文学奖"35年后的重启，无疑吹响了召唤"青春文学"的号角。在这里，我们看到了文学的希望——《青春》杂志把文学青春的触角伸向了大学校园，新一代有知识有文化有识见的青年作者从这里出发，迎接他们阳光灿烂的文学日子，即使再有暴风骤雨的时刻，他们也必定以青春的名义，向这个世界宣告：我们来了！

第六届"青春文学奖"以青春开路，将获奖作品结集出版，定名为"文学之都·青柠檬丛书"，其中包含了获奖的5部长篇小说和5部中短篇小说。无疑，冠以"文学之都"，其用意不言而喻：也正是在《青春》创刊40年后的2019年又一个金秋时节，南京被联合国教科文组织评为"世界文学之都"，《青春》也唤回了自己的第二青春期；"青柠檬"则预示着青春文学在青涩中的又一次崛起，她象征着大批的青年作家将从这里起航，走进成熟前的那份没有被污染的清纯境界，走进那个青春萌动的憨态可掬的创作流程之中。

浏览这些作品，我仿佛看到了一种原生态文学写作者对创作的虔诚与庄重，从中既看到了文学未来的希望，同时也看到了他们在成长中需要磨砺的青涩。

　　在五部长篇小说中，第一名是空缺的，这充分体现了评委会的严谨态度。以我的陋见，这批作品正是成长中的作品。

　　宋旭东的长篇小说《交叉感染》以变幻着的第一人称与第二人称叙事视角，灵动地展现了作者对生活的深刻思考。时空的变幻，让小说具有了来之不易的成熟和韵味，也让书写脱尽铅华，不显造作，使作品的生活气息显得自然贴切。显然，它的理性哲思通过形而下的形象描写，让读者从中嗅到了青春的气息。

　　《自逐白云驿》来自一个日本大学社会学专业学生的手笔，其小说也是在时间和空间、现实与梦幻中展开抒写的翅膀，思考的却是生存哲学问题。作品是一部成长小说。作者春马对人性的思索充满深刻的探究和剖析，沉湎于形而上的描写之中。从某种意义上来说，这类作品如果能够完成小说从形而下到形而上，再到形而下的描写过程，或许会更能够打动读者。

　　阿野的《黎明街区》描写年轻一代人迷茫的人生境遇，青春的痛感与生活的无着，在作者形而下的生动描写中得以充分体现，所形成的作品张力，让人感到无边的生存困惑无处不在。所有这些生活景观都在作者细致的描写中得以较好地呈现，也体现了作者对青春迷茫期的人生叩问与沉思。

　　钱墨痕作为一个已经在中国现当代文学专业学习的年轻学子，他的《俄耳普斯的春天》虽然过于讲究从主题出发来建构小说的肌理，但是，也写出了被时光和世人之眼“石化”的人物从幽冥的黑暗中提点到阳光下的复活，从这个意义上说，作者对于这个世界形而上的思考是有一定深度的。

高桑的《火速逃离平江路》通过一个儿童的限知视角和一个全知视角，以交替的眼光来展开对世俗生活的描写，虽然没有君特·格拉斯那种具有荒诞性的结构和观察世界的独到之处，以及深刻的哲思，却也写出了人物命运的艰辛，不乏对生活的深入思考。作品对平凡人物的心理描写和市井生活的摹写，也有其独到之处，显示出作者较强的生活洞察力和深切的人文关怀。

在得奖的五部中短篇小说当中，《狂想一九九三》属于那种以澎湃激情取胜的作品，情感抒发一泻千里；而《花朝鲁》则是一篇舒缓的抒情诗；《镜中人，镜中人》是在写实与想象的时空之间，展开故事的叙述，具有一定的小说张力；《木兰舟》以浪漫主义的笔法抒写了一个异乡人的边地故事，以城市文明为参照，反思了两种文明的双重悖论；《心梗》对日常生活的描写，展示了一种对人性的思考。

在这些小说中，我们看到了作者进入文学创作状态下的那种激情与青涩，同时也看到了那种青春创作期的兴奋与亢进，以及在愉悦之中成长的烦恼。随着坚持不懈的努力，他们会在逐渐成熟的过程中完善自我，获得看取世界的生活经验，极大地丰富创作的能力和把握文学主题的信心。

作为一个历经沧桑的文学批评者，我更希望我们的年轻作家能够在广泛阅读的基础上获得认识世界、理解社会的经验。因为许许多多的创作经验并非在习焉不察的生活中获得的，恰恰相反，许多前人对世界和人性的认识，是确立我们世界观和价值观的坐标，能够成为触发我们创作动力的源泉，也是让创作能力永不枯竭、永葆青春的驱动器。

青春不老，文学长青！

（作者系南京大学文学院教授、南京大学学术委员会委员、中国现代文学研究会会长、中国作家协会理论委员会副主任）

目　录

子

看见我是后来的事了。

我想成为一名真正的作家。

我未发表过只言片语，截至目前，充分显露了沉默的天赋。

这些都不重要。与文字结缘以后，我就一个劲儿地热爱，往前一点是热衷，再往前一些是喜欢。可越坚定，越发现自己正慢慢丧失握笔的勇气，如同手术医生初次开膛破肚、新兵扣响扳机，慌张杂乱，令人眩晕。

我忍着病痛，一股无法抑制的燥热在体内肆意蔓延，平地起波澜似的忧伤，日复一日地折磨我。

我涨红着脸，蹲在青年旅馆门口。

屋子不大，长桌很旧，孤独地立在角落，两张躺椅浑身散发着幽怨。床很矮，看起来很柔软。床旁边是墙，暗红色壁面悬满了完整或残缺的蛛网，晕纹暴在阳光下，露出比尘垢更深的亮色。墙角立着一座老式书柜，书柜离床很近，一伸手就能够到，不用太费力气，如同翻书，打开就能看，不假思索。

我的生活陷入了黏稠，虚无透明。

窗外，一只狗咬着尾巴转圈。我想尽早抽身，离开这里。

越缺乏自信越自惭形秽，越自惭形秽越缺乏自信。

我热衷谎言——一个有意无意就能够迅速捏造出谎言之人，脸不红心不跳，天衣无缝，丝毫看不出虚伪做作。我本能排斥人造的俗套，线路交织的"机器盒子"更像是胡搅蛮缠的丑角，迎合着人们。

"这是真实的世界还是AI仿真模拟？"有人模棱两可。

"假如将我的大脑剥离，放在一间有机且能维持生命特征的房间里，连上电极通向千万台显像设备，记录下大脑皮层的波动和震动频率，然后将眼睛放置在世界各个角落，让其自由摄像取景，在这个过程里，密切关注所连接的电脑屏幕。猜猜能看到什么？又如何证明看到的不是虚幻？"

"作家该如何证明？"

"权威机构的认证？现在都兴这个。"坐在火塘边的年轻人三十来岁。

"什么都没有。"

"那就不算。"

"为何不算？"

"好比和一个女人相爱，不拿结婚证就不算合法婚姻。"

"我搞创作，不算作家，也算个作者。"

"容易意外怀孕。"他补充道，"有些公益性组织还不错。"

"待过多久？"

"不谋一官半职的话，没人管，想待多久待多久。"

"终究还是内部原因。"

"真是随大流的说法。"

"人的欲望在作祟，文学往往是欲望的帮凶。"

"继续说下去。"

"不想说。"他不屑一顾。

"茶，算我的。"

"眼下的人，都好体面的生活，喜欢在错位里追求成功，俗不可耐。"茶叶在他的水杯里拼命打转儿。

"角色错位啊。"

"就没有纯粹的角色？"

"凤毛麟角。"

"往哪里去？北边？"我试探性地问。

"南边，刚从北边回。"

"怕是要下雪了吧。"窗外，秋雨淅沥，没有多少风。

"现在还搞文学吗？"我让吧员给他的茶杯掺了点水。

"也就瞎搞搞，没心思了。"

"还看文学作品吗？"

"国内的还是国外的？"

"都算。"

"看得少了。"

"什么作品都没有的作家？"他突然醒悟，带着调侃。

"年轻时，追女孩子，写过一些酸诗和情书。"

"追到了没？"

"追到过。"

"有天赋，怎么还说一部作品都没有？"

"伟大的作品诞生前，一切都是徒劳，包括文字、生活场景、情感纠缠，统统可以忽略不计。"

"要求太高，容易患上强迫症。"

"已经有点了，现在看文章，一行字往往要停留十分钟，一字一句地反复看，从头至尾，生怕遗漏，像翻译家。"

"傅雷那种翻译家？"

"不不不，没法儿比。"

"也难怪，他是文学家，只不过从事的领域不同，人们更喜欢称他翻译家——坐在桌前，一页一页地翻然后一句一逗地译。"

"好的翻译家必须懂作品的内涵，好的文学家可以成为一个好的翻译家，好的翻译家不一定能成为好的文学家。"

"暗指间接创作和直白接受之间的关系？"

"左拉的《衣冠禽兽》怎么样？"

"深意还是脉络结构？"

"随便，都行。"

"不好意思，我对他不了解，我推崇川端康成。"

"哪部作品？"

"他的作品区分度不是很大，《抒情歌》《古都》《温泉旅馆》《千只鹤》这类作品，统归'布满黑色冷寂的美'，执拗阴郁，灵柩一般。"

"不见得都是阴郁，不认为场景冰凌丛生却又热气腾腾吗？弥漫着温情与洗不掉的哀伤，不知不觉就成了其中的造境之物。"

"或许是这样。"

"知道'新感觉派'吗？哦，造境的艺术？读过石黑一雄吗？"

他没有正面回答。我不好意思再问下去。

不知不觉间，我和他之间对调了角色。他只是遇到些挫折，也缺乏"郁达夫式的救赎"。我不是那个人，也不想成为那个人。我连我是不是作家都无法证明又如何让"别人"顺着"莫须有"的方向前进。

"听说，北方最冷的地方是漠河？"我回到正题。

"对。"他说他也没去过。

"冬季真能有零下30℃~零下40℃？"

"并非浪得虚名。"

"中国最冷的地方在哪里？"

"据说是珠穆朗玛峰峰顶，罕有人至，冷得没有标准。也有人说是新疆的可可托海，有'寒极'之称，零下43.8℃。"

"家是哪里的？"

"内蒙古赤峰。"

"赤峰？是赤裸裸不长树的山峰，还是红色的山峰？"

"生来就叫赤峰。"

他反问我是哪里人？像是礼尚往来。

"海南人？"

"算是吧。"

"为什么叫海南?"

"海的南边。"

"比较容易理解。"他笑笑。

"要到哪里去？"

"最冷的地方。"

"做什么？"

"冷静。"

"北方冻皮，南方冻骨。"

"也许吧。"喝完最后一口茶，我转身上了楼。

思考，正越来越奢侈，原本挺自然的事，像喝水、走路、穿衣、吃饭，自然而然，轻而易举，偶尔却也寸步难行，耗上一个月可能连一个最基本的哲学命题都弄不明白。

我蜷缩在旅馆的木床上沉思，电视机显示屏上很多密密麻麻的斑点，让人没有打开的欲望。

我讨厌把身边的一切看得太透。西方的"先知"和东方的"占卜"一样，藏着太多蛊惑和秘密，即便提前知晓却无力阻止，倍感煎熬却又往往自以为是。

风吹着雨丝从窗缝里飘进来，我不得不起身扯了小卷卫生纸塞住。我下意识地透过窗户缝朝外看，对面墙角下站着一个女人。她也正投来渴盼的目光。

女人半身露在雨里。

我轻步下楼，吧员在壁炉前犯困，手里的书散落在地上。

"还有房间吗？"

她被惊醒，捡起书，"没有了。"下意识地回答我，又像是在说梦话。

我跑出门外将女人拉进来，她就温顺地任我拉着，也不挣扎。她已经屈服于天气。

"雨下这么大，一个人站外面干吗。"

"没地方去了，问了一圈儿都没房。"她带着哆嗦。

我把她带进房间。

"很冷吧？"

"还好。"她不看我，怕衣服把被褥浸湿了，只安静地坐在床沿。

我下楼去公共厕所接了盆热水。"赶紧擦擦，毛巾旁边有，我下去坐坐。"转身带上了门。

我有点魂不守舍。还是去火塘旁边坐坐吧，兴许一会儿就好，一个小时，半个小时，或者仅需十分钟。我的包和手机还在里面，她会不会乱翻？会不会耷拉着潮湿的头发躺床上？

难熬的雨夜。

快凌晨了。

楼上传来哗啦的泼水声，我走上楼，推开门，她正坐在椅子上，怀里紧捏着背包，望着我，我回以淡笑。

"洗好了？"我明知故问。

"嗯。"她的声音也不抖了。

"我还是下去吧。"她忍了忍说，"房间里就一张床。"

"没事，我用椅子搭个床凑合睡一宿。"我再怎么不大度，这时候也不好意思和一个柔弱的女人抢。

她就不再作声，下楼去要了条毯子上来给我。

我关了灯。"睡吧，明早还要赶路。"

她问我去哪里，说这话时，她正边脱外套边往被子里钻。

"走到哪里算哪里。"

"那是哪里？"

"往北方啊，越冷越好。"估计她没听懂，我想应该是的，看上去也就二十来岁，青涩至极。我依旧醒着，不是不累，而是太累。

"还不睡？"时间恍如隔世。

我反问她为何也没睡？

"一闭眼就做噩梦。"她说，"已经这样很久了。"

秋虫在草丛里低声鸣唱，雨稍微小了点，滴滴答答，响个不停，从房檐到地面，又从地上哗啦啦顺着低凹处流进河里。

静默而深沉。

"怎么会来这里？"她问我。

"准备先去阳朔。"我闭着眼睛。

"也算殊途同归。"

"就一个人？一个人自在，不过，世途险恶，坏人太多了。"我打趣。

她问我是不是坏人。

"算是吧。"我不知道怎么回答，只能这么敷衍。

她说我面善，骨子里不像坏人。

"哪有坏人像坏人？"

她说外婆告诉她相由心生，看一个人的长相，就能八九不离十地判断出是善良还是邪恶。

"人都喜欢伪装。"

"艺术家？说话一套一套的。"

"作家。"

"发表过哪些作品？有代表作吗？"她问我。

"不好意思，还未发表任何作品。"

"那就连写手都算不上，写手一年都能创作几千万字。现在有很多写手靠码字生活，从早写到晚。"

"我比不上那些人，一门心思只想成为一名作家。"

她开始笑。

"如果一个作家写的作品只有本民族的人才看得懂，就是有罪。"

"为什么这么说？"

"因为造成了一个民族的短视。"

她想了想后对我说，看似罪孽深重的人某种程度上又没罪，因为赎罪本身抵过任何犯罪。

我笑笑，不反驳。我连我自己是不是作家都无法证明，连我生活了几十年的世界是否存在都无法证明，又如何证明我有罪没罪？

屋子里静下来。

我知道，她也一定清醒地睡着。

次日，我们赶早离开了这里。

青色的雾凝聚成一团团云，从河岸飘来，江中隐约露出几抹浅色的影儿，沙洲上有一棵枝繁叶阔的榕树，几道人影苇草般移动着。

甲

遇见你也是后来的事了。

你牵着女人的手走在景区里，贴面的湿气一层一层聚拢，忧郁极了。

这里的鸟雀，长年累月地发情、孕育、生长、蜕变。路是用抛削得很平整的山石铺垫成，高高低低，曲径通幽，让人不自觉产生虚幻，联想到一望无际的河流——现代人都喜欢用"一望无际"来形容河流、草原，你受够了这些场面话，无时无刻不在想方设法逃离。

你没法融入聒噪声，像是摆在明处的暗讽，大家嘲来讽去，乐此不疲。

你像烙铁似的抓住她的手——山崩地裂，永不分离。

"现在后悔还来得及。"你面带微笑斜视着女人珊瑚红色的嘴唇，空气中弥漫着暧昧因子。

她的嘴唇微微动了一下，欲言又止。

　　你就不再问什么。一切成了谜——谜一样的男人，谜一样的女人，谜一样的世界。

　　刚过不惑之年的你，突然间就明白了一些事，或许也只是止步于明白，距离大彻大悟还有距离。你时常陷入不自觉的"呓语"里，说成是"抑郁"也行，无非表象与表里。地上是庄稼，庄稼下是地，生前面是死，死后面是生。想象力尺度范畴里的一切社会、人、自然物件无不是表象与表里的混杂，简单有别于朴素，人惴惴不安如寄居在生命中的房客，像是睡了一觉，或是打了个长而夸张的哈欠。

　　你是一名感觉麻木了的医生，表情僵硬，看不出喜怒哀乐。你的年纪尽管不算大，视力却急剧下降，手也经常性颤抖，经常间歇性失忆，怀疑是"阿尔茨海默病"提前来了。这些加剧了你的乏味，一切成了可有可无，活在现实的虚幻里还是活在虚幻的现实里，连你自己都说不清。对于毫无生活激情的人来说，你已经熟透了，老了，朽了，越这样，越逗火热的年轻女孩子爱慕。

　　男人喜新厌旧，你也不例外。

　　你随着游人队伍扎进了浓郁阴森的森林，像头小猛兽。

　　你在躲避四面八方的或善或恶的目光。曾以为只要处理好了感情、欲望等与生活息息相关的表面就能过好一辈子，现在深感太过于乐观，反观其中任何一方面稍不注意就会落下笑柄。

　　你带着中年人惯常的疲惫，连表情都修饰得自然而然，你佩服时代利刃般的修剪能力，剔除一切杂质，磨平分明的棱角，做圆滑而世故的大家。你活在回环往复的圈子里，仿佛被人掐住了颈子，叫不出声音。

深受其扰的你，却诊断不出病因。为了生计，你写下潦草的药单，没人懂，只有你手把手教的几个学生可以勉强揣摩出你的本意，人们说你开药方出色专业，很遛顺，不像毛头青，一笔一画写半天。

你承载着猜忌也享受着荣耀，有点类似医学上"西式"与"中式"碰撞交织出的不信任感。相比于"哪里疼割掉哪里"，你更倾向皮肉骨骼五脏六腑间的阴阳调和，更加注重心通"气"顺。

"非虚无的存在有多少？"你寻找话茬。

"家庭式亲情，朋友式友情，结婚式爱情，或是正在从事的职业，驾驶的交通工具，流逝的风景，客观即存在。"

她是个纯粹的女人。

你说你就喜欢她这一点，不骗人，发赌咒。

她微笑，找了一截低矮的木头桩坐下。"就你的生活而言，目前能感知到的恐怕只有欲望了。"

"为何拥有时感觉不到，丢开后又能隐约感知？"

"以前是无意识地触碰，现在是有意识地握，不一样。"她不知道怎么接话，亮出幌子。

"打算就这样逃避下去？"

"注定要被淘汰，何不早点离开，时间，越来越经不起消耗，很多时候感觉连男人最基本的征服欲都丢掉了。"

"这个年纪的男人，怎么就有了暮气？"她匪夷所思。

"每天疲惫得像个透明人。"

你说你也不想这样，和你最初的想法背道而驰，肉身已经沦为行尸，皮肤和骨骼咯吱咯吱响，以此来排斥，痼疾一样，摆脱不掉，从呱呱坠地起，或是更早……

"你喜欢悲剧还是喜剧？"她语带俏皮。

"为何突然这么问？"

"随便问问，没多大意义，有意义的事都被人选择性地做完了。"

"悲剧。"你说。"古往今来，人无不爱喜剧，但促使人启发、顿悟的无不是悲剧，悲剧有更持久的煽动力和魅惑力，何况，喜剧和圆满是两码事。"

"像麦子熟了，镰刀在田野上拼命地割？"

"啮噬感。"

她让你继续讲下去。

她眼里有惊恐，像是受不了似的。

你松开了抓住她许久的手，顷刻间就清醒了，她慢慢靠近你，重新抓起你的手，你让她握着，于她而言，脸庞、鼻翼、耳垂、胸膛……感触这些可感触的，才有安全感。

"空气真好。"你摊开手掌，阳光在掌纹间游走。

"湿润得让人口渴。"

你起身去不远的溪水处用干净的塑料瓶装了大半瓶泉水回

来。"将就喝点吧。"

"抬头与低头距离多远？"她反吮了一下嘴唇。

"谁知道呢，快点喝。"你害怕她无休止地问下去。

她不作声，丝毫没有反驳的意思。

"讲讲你的故事，天一时半会儿还不会黑。"你又害怕她就此沉默。

"没什么好讲的。"

你说你也是男人，免不了俗，免不了龌龊，免不了猥琐，像你这样的男人数不胜数。

她说你说谎。

你说你这会儿说的都是实话，尽管平时说了不少谎话。

她说你还是在骗她，说你的每句话都是由千千万万句谎话编造而成，她不信你能面对自己的学生说出多少真话来，连最初教给她的知识也夹杂着连篇谎话，让人作呕。

"人都有顽固的基因，小时候顽固，长大了更顽固，有些人长大了表面顽固，内心保守。"

你问她小时候是不是顽固的孩子？她边说边小声啜泣。

你扳过身子抱住她，让她不要哭，说过往的路人看到了不好，本来已是"年龄差"了。

人都喜欢热闹，喜欢寻根究底，往往只停留于表面，更深层次的东西，人们喜欢臆想和猜测。

她忍住哭泣。

你说你彻彻底底地骗了她，从身体到灵魂，后面是万丈悬崖，已无路可退。她却破涕为笑，说她还想继续看着你，听你睿智的思考和独特的谈吐。

"继续说下去。"她说她仰慕你的以前，也沉迷你的现在。

你越发感触，如同拧紧发条的钟表，以折磨自身和记录时间为代价，空齿轮在空气中转动咬合，一切都来不及逃脱，只能各安天命。

她像位拷问者，用灼热的目光穿透你，你，站不稳，瘫倒在地上。你说你本来想要她说点什么，现在倒变成向她倾诉了。

你丝毫不在乎她怎么看你，你了解她，好比不带任何目的、任何借口外出游览一样，只需跟身边的人轻轻道一声：要出趟远门，可能很久才会回来。也可能永远回不来。

你习以为常，每天穿着白大褂带着听诊器，一遍遍脱掉塑胶手套又一次次套上，系上消过毒的手术服，蒙上口罩，俨然一名救死扶伤的天使。死神从你手下抢走过太多生命，为此你常常忏悔、悼念。没有拯救也就无所谓葬送。她就安静地站在旁边望着你，替你擦汗，为你递送刀剪。

你感觉爱上她是很久以后了，后知后觉，职业后遗症。

丑

几天前，我问竹排师傅沙洲上的马多少钱骑一次？他说要分淡旺季，旺季人多比较贵，想骑马还要排队等。

"马不累死了？"我反问他，他只顾着开船，声音都被马达声掩盖住了。

女人问我，和掌排的老师傅后来说话了没？

"当然，说了很多。不过，他一快，我就听不清，方言很重。"

我说：师傅，能不能引我去村子里看看。我指了指村庄旁的码头，码头上长满了浓而软的凤尾竹。

"听过《月光下的凤尾竹》没有？"

老师傅问我是啥？

我说是首乐曲，也就是可以哼的调儿。

他"哦"了一声，不再说话。

"再过半个小时就能到景点。"他平静地告诉我。来往穿梭在这条江上的他，和很多人一样，都习惯了，他们眼里，这就是生活。

"老师傅，我不去景点。"我说我想去他居住的村子里看看。

"住的地方没什么好看，比不上大城市，比较落后。"

"我就想去看看，多给点钱也行，反正回家也顺路。"

他不作声。我说看看就走，不碍事。

他调转马达朝向，只歪歪一斜，竹排便拐弯朝对岸竹林深处驶去。

"老师傅在江上跑船多久了？"

"那有好久了，都记不清了。"我诧异这里的人也晓得警惕。

"村里人都做这行吗？"

"都是些上了年纪的人在弄，年轻人打工去了。"

"驮一趟多少钱？"

"也没多少钱，除去油费、管理费等开支，勉强能维持生活，不像江上的大轮船装的人多，赚得也多，竹排多是年轻人喜欢坐，拍照拍视频，求浪漫刺激！"

"每年游客这么多，江水污染严重吗？"

"严重，前阵子江上还成片成片地漂死鱼。"

"这么严重？"

"没办法。"竹排已抵达码头，一位老妇人站在岸边。老妇人是他的妻子。老师傅关闭发动机，一个箭步跨上岸，将竹排拴在了地面铁柱子上，转身拉我上去。

浪扑打着岸堤，江上轮船上有人在招手欢呼。

老师傅带我曲径通幽，走村串林。他说自祖辈起就已经生活在这里了，远近出行都得靠竹排，渔歌互答，淳朴自然，很是热闹，现在村子里只剩下一些老人。

"年轻人不满现状还是生活所迫？"

老师傅坐在瓦房前的青石上，并没有马上回答。四周野气浓郁，灰白色的房子相间其中，疏烟流水，远离光电影像的污染，这样的生活多少人梦寐以求，可生活在这里的人依旧想逃离。生活有时候真是个悖论。

"每年都有很多搞艺术的人来这里，一住就是小半年。"他冷不丁问我来这里是不是也为了找灵感。

我说我不算艺术家，也不搞艺术，只想成为一名作家，尽管连部像样的作品都没有。

"没有作品就不算艺术家和作家了？"

"原则上是这样，外界需要证明实力和身份的参照物，例如豪宅、名车、头衔。"

"真虚伪。"

"也不能说是虚伪。"

"按这个理儿，捕不到鱼就不算渔民了？抓不着猎物就不算猎人了？"

"可我至今没写出一部优秀的作品，一部也没有。"

"思想家靠什么活？"

"自然是博大深邃的思想。"

"作家呢？"他又问，我疑似掉入了自设的圈套。

"作品，经典不衰的作品。"我说。

"不！还是思想，支撑作品长久不衰的思想，记录只是表象，一些人作品种类繁多，充其量算是码字者。好比评判人的高尚与低俗得看品德，而非相貌与高矮胖瘦。海明威笔下的圣地亚哥，尽管只带回了鱼骨架，人们仍旧敬佩他，人活一世，有太多可有可无。想想是不是这个理儿？"

"老师傅讲话很有水平，以前做什么？"

"当过民办教师，后来学校改建，师范院校分来了新老师，就逐渐没了立足之地，很多东西全靠自学，条件有限。"

"儿女肯定都去了好地方。"

"儿子毕业后留在了镇上教高中，女儿考进了柳州一家事业单位，总算省心了，不过也急，女儿工作几年了没成家。"

"现代人压力大，再等等就好了。"我劝慰他。

"再等就钻土了。"他苦笑。

"小孩也很大了吧？"老人朝我凑拢。

"还没成家。"

他打量着我，推测我是不是有生理上的难言之隐。

"身体在路上，心也在路上，还没定下来，对目前的状态也不满意，总觉差点什么，也不知道差点什么，又没有体面的工作，哪个女人会愿意？"

老师傅顺势朝旁边挪了挪，"感情这东西要顺其自然，强求不得。"

"是的，遇到了也就遇到了，遇不到也就遇不到。"老婆婆见我们不进屋，端来了两碗茶。村落与村落间只有几步之遥，人与人之间也只有几步之遥。

"背后密密麻麻的也都是凤尾竹？"

"都是，以前粗大的用来做竹排，现在都用塑料管代替，即便这样，也还是年年生，年年死。"他很无奈。

"生活充满了无奈，很多人已经麻木。"

乙

　　你有一种耽误了女人青春的罪过，一直在"懦怯和勇"之间游离着，摇摆不定。

　　你想到了自己第一次微聊，碰到一个三十多岁的女人，当时你还不满二十岁，女人给你讲了一个趣味小故事，你夸她"风趣"，女人立马变脸，不再理你，说你是无赖流氓。你反复解释，女人不听，说你小小年纪就不学好，挑逗她。你找不出反驳的言语。后来，女人将你删除，你还为此郁闷了好一阵子。

　　"你是说风趣这个字眼吗？"她不知什么时候已经醒了，披着薄透的浴巾歪靠在你身边。在你思考的空当里，她麻利打好了一壶水。

　　"你觉得风趣是什么意思？"你半眯着眼睛。

　　"幽默的意思？"

　　"字典里说是风尚志趣、风味情趣的意思，在宋代适用于美学范畴。"

"放在如今，也该是美学范畴里的词汇吧？会产生歧义吗？或是有人误解成风流？"

"到底是她不正经还是你不正经？"

你说你就是个思维简单、想法单纯的人。

"问你一个问题？"

"什么问题？"

你觉不觉得眼下这几代人正在悄然失去一些珍贵的东西，比如非同化的生活方式，真善美的评判标准，良性的价值取向，以及雅俗共赏的水平。

你就这样站在医院大厅里，行色匆忙的人，像排队检修的机器。

你说算了吧，上午你不坐诊，下午你正好休息，事情永远也做不完，零部件永远都在不停地消耗磨损。这不是你担忧的事。你的手臂颤抖，心脏超负荷，是的，连你自身都医不好又怎么去医其他人。

人们总以为病了吃药打针就能好，再不行开膛破肚也能治好。你却认为有些潜滋暗长的病，常规疗法治愈不了。

"你有没有想过活到现在失去了什么？"她问。

你说你失去了你应该失去的一切可以失去不可以失去的失去，同时也失去了你认为不应该失去的一切不可以失去的失去。

她说你这双拿手术刀的手完全可以去拿笔杆子，像写药方子一样顺溜地写下充满深意的诗句。

你说你不懂。

一个人在一成不变的环境里生活久了，容易大脑缺氧，缺乏整体性思考力。

"能解释解释吗？"她说。

"往大里说就是，根治心灵的顽疾，愈合坏死的感情，习惯不习惯的事物；往小里说就是，体会迥异的幸福，捕捉内心的真实，拥有不受强迫的主动。"

她说你真是一个诗人，你说在你的眼里她就像一位赞美家。

窗外不知何时下起小雨。

你拍拍她的肩膀，起身倒了杯茶，自言自语，喝完茶就一定要逼自己睡觉，时间不早了。再去看她，她早已沉沉地睡去了。掀开乳白色窗纱，暗淡的光晕和几枚清亮的星还挂在天上。

你说你回去吧，跟着你是累赘。你习惯一个人，一人吃饱，全家不愁。你怕再继续这样下去，会内疚。

你走吧，像来时那样，静悄悄的，什么牵挂都不带。

你让她走。你不想再看到她。

她赖着，死活不走。

你说你不会娶她，这辈子不会再有任何一个和你精神有联系的女人。潜意识里，灵与肉截然不同。

你说你还是回去吧，留在这里时间长了，会厌倦，像一段段失败的婚姻和一出出透着喜剧色彩的悲剧。能打败人的精神状态的除了时间还是时间。

她说你真不应该。这个世界上本没有应不应该只有愿不愿意，你愿意爱她却不应该娶她，有些人注定一辈子打光棍，一些人天生只恋爱不结婚。

你将她硬塞进驶往高铁站的出租车内，她眼看着你，不再挣扎。你看见她的眼角有湿润，你却无法心软。你的心是永不干涸的湖。

你把她送走后走在回来的路上仿佛踩在透明的河流里，深一脚浅一脚，释怀了又无法释怀，做错了又仿佛做对了。

你路过一处标有"职业技术学校"的门口，想进去看看，保安问东问西。你说找人，却不知道找谁。你只是一个孤苦伶仃的生人，他拉你进门卫室里访客登记，说万一发生什么事可以找你。万一能有什么事呢?你问。比如坑蒙拐骗作奸犯科之类。你问他确信一定能够凭借着信息找到你?

"有总比没有好，形式主义也很重要。"他有一句没一句。"登记时要查看身份证，一般错不了。"

"听口音不是本地人吧?"

"不会讲本地话自然就不是本地人。"你说。

"你在做无用功。"

"做总比不做强。"

"有些事总要人去做，不做就无法准确地评判。"

他警惕的眼光稍稍平缓了些，将登记簿放下又给你倒了杯水。

"喝点水，坐一下。"他说。"北方人？"

"南方人。"

"来这儿做生意？"

"没做事，无业游民，社会闲散人员。"

他笑笑，表示不信。可事实上你就是个无业游民。

午后的阳光晒得人慵懒，让人只想安静地躺着。

"你说说保安这个职业怎么样？"他首先问你。

"还不错，比较威风，要身手好。"你恭维他。这是你多年来唯一学到的本事。

他说他年轻时就想成为惩恶扬善的英雄，八岁时被送到信阳鸡公山学武术，那时候武术热，一批一批人跟风，他也免不了俗硬是逼着父母把他送去了，到十八岁才回来。边说边向你展露自己的平头。你想那是多少年前的事了，哪里还认得出来。

"也算得上文武学校，边学武边读书。"

"现在的生活如何？"

"心里很踏实，熟悉的环境让人心安。"

"你是做什么的？"他给你添水。

"以前做过医生。"

"内科还是外科？"

"算是内科吧，比较杂。也做些心肝脾肺之类的手术，偶尔开开药方，都是多少年前的事，现在就一闲人。"你边说边笑。

他说他认识一位老中医，偶尔进山采些草药治些个头疼脑热。如果想见，他可以作引。你说见见也无妨。

约好后，你离开门卫室，朝河街走去。

你清早已和她——谁？你的学生，在河街上晃荡一圈了，现在又一个人漫无目的地闲逛，灰色的墙，黑色的瓦，白色的云，在你眼里都失去了光鲜与亮丽。你走过的地方，接触过的人，都藏匿着故事，至今也没碰到内心苍白无话可说的人。你的世界，别人的世界，穿插在一起，这些世界是否可以互通？人的心思是透明的吗？人的精神状态可以共享吗？不能共享又为何千变万化交叉感染？你像早已蜕化了呼吸器官的海生动物。你想到某次手术中黑黢黢的肺，厚厚一层，还有积水和密密麻麻的气孔，完全看不下去也无法继续想下去，只想像离开手术台一样离开眼前模糊化了的世界，离开别人瞳孔里有你也无你的小世界。

你知道这是不可能的，离开手术台，患者的生命可能会消失，离开眼前这个非健康明朗化的世界，你会不会也会消失？从黯然失色的瞳孔，到大脑的表皮直至神经末梢，再到别人眼里千千万万个关于你消息的图像和细胞，你摆脱不了，像病人无法摆脱疾病。尽管你现在已经不是医生了，但在别人的精神状态里依旧存活在医生这一群体里。改变不了，只能接受，可你又不想接受，这很难受。

她在走之前问你为何偏偏要一个人？

她是累赘。她说你骗人。有时候，人不仅仅是为自己活着。

你想想也是的。你都不知道要上哪里去。你想过机械化的生活，又怕失去和溪水、花木鸟兽亲近的机会。

真是个不可理喻的人。你快要被生活逼疯了，却找不到一个突破口释放，长久的压抑，正常人都会疯掉。她说你要永远保持纯洁与美好的理想，还有一颗童心。你说这很难，眼下一般人都做不到，都不会停下来思考。你愿意站在四十岁的角度用童心来看世界。

你正在步入老来式幼稚。你说你小时候陪奶奶看电视，她总把不相干的剧情串联在一起，你笑她笨，简单的事情都能搞混，你说你还不止一次地教奶奶打电话，她却老按错键，太笨了。

你说你也很笨。你问她信不信？

她说她信。

你说你曾经在医学报纸上看过一则报道：一个二十五岁的医科大学的大学生带着帐篷和铺盖与同伴骑一辆老式的摩托车从阿根廷出发前往委内瑞拉。后来他们的摩托车报废了，只得走路，中间也搭过一些便车，沿途硬是靠着乞讨、做义工或者玩些骗人的小把戏赚钱解决衣食住行，最后死在了轮船上。临终之际，人们问他：你这一路走来到底为了什么？

"你猜他怎么说？"

她面带疑惑。

"周游世界并不是走走停停拍些无关紧要的风景，也不是为了目的地而去目的地，而是在分担痛苦，治愈沿途一路走来遭遇的苦痛。"

"你信吗？"

你说这些话过于高尚，有唤醒崇高的作用却不平实。

"那个青年人该怎么说才符合他的年纪？"

你说他说不出来，他肯定知道别人会问这些老掉牙的问题，他一个都没有准备回答。寻根究底的人，世界上太多，他肯定没有一个首先说服自己的答案。

你说就像你逼迫她离开一样，到目前为止还没有想到一个正当的理由。赶她走不是因为你不爱。怕失去所以趁早失去。

你好歹送走了她，可以稍稍平复下内心。

只有这样，一切才能看起来无关紧要。

寅

她来过很多次，这会儿像一只活蹦乱跳的兔子，拉着我到处逛，我有点尴尬。这个时代总喜欢摧枯拉朽的姿态。我原本缺个导游，她刚好填补了，这便是缘分。

镇子古朴得让人有点陌生，没有人知道我按图索骥而来，凡是和艺术沾点边的都想去看看，不打猎但仍想进山逛逛，也许会有意外收获。她想都没想就和我同行，过程却还停留在这里。我问她怕不怕和我发生点什么。她说她原本就是故事以外的人，无所谓发生不发生。

我没听懂。

我问她能不能把她的故事讲给我听，对陌生人的口吻，不掺杂任何杜撰。

"找机会吧，多少有点悲伤，原本想烂在肚子里，可有些故事总要有人听。"

几扇门零散地开着，幽幽的冷从屋里飘出来，从窗棂和裂碎的瓶瓶罐罐的缝隙里挤出来，仿佛要打败俗世的眼光。

我问她，"人老时表现出来的迟钝和年轻时表现出来的幼稚哪个更加戏剧化？"她不知道怎么回答。

我拉住一位腿脚不太灵便的妇女问狮子旦怎么走？

"不知道。"妇女勉强听懂了。

"本地人怎会不知道？"

妇女瞟了我一眼，"本地人不知道的事情多了去了，都出去打工了，住的都是一些外地人。"

我还想问，妇女挑起担子快步走了。

她挽着我的胳膊宛如情侣。我说我不习惯被陌生的女人挽着。她说没人认识，环境是陌生的，人也是陌生的，不用怕。

"确定没走错路？"

"相信我。"她说。

"说狮子旦没人知道，说熙平县可能有人知道，也是一座古城遗址，上次路过。嗬，不远，走过这几片水田再拐几道弯就到了，不过没什么意思。"

"听说有棵老榕树，七八个人都抱不住，树肚里还有五尊泥菩萨，祈愿很灵。不知是真是假？"

"可去可不去。"她好似又陷入无边无际的愁绪。

"不灵？"我问她是否去过？

"去过。"她有一句没一句。

"和谁？"

"一个男人。"

"谁?"

"一个男人。"

"谁?"

"男人。"

"和我一样的男人?还是偶遇的过客?"

"不。"她说那男人比我年轻,比我强壮。她露出怀恋。

我问她男人是不是她的爱人?

"算是吧。"

"他现在在哪里?"为什么不一起来?一个女人独自出门多不安全。

她继续沉默,显然才从悲伤的泥淖里爬出来。

"他一定喜新厌旧,爱上了更漂亮的女人。"

她欲言又止。

"其实,我对别人的隐私一点兴趣都没有,真的。"我选了一块矮墙边的石头和她并排坐下,她松开我的手。

远处的山,弥漫着浓郁的雾气,长久凝聚不散,像浮在心里的不浇不灭的愁。

江上的渔歌,再也响不起来了。

"阳朔以前就叫阳朔吗?"我问她。

"以前叫羊角,因为和阳朔谐音,又建在羊角山下,因此得名。史书说,最开始属桂林郡管辖,到了西汉,属荆州零陵郡,直到五九〇年也就是隋朝开皇十年,县治才由熙平迁到阳朔。"

我问她怎么知道得这么详细？她说她曾专门翻过相关典籍，做过笔记，知道个大概，往细里去说就不行了。

我不再逗她。

几辆环保车从身边驰过，她张开手臂拦车，车反而头也不回地加速跑远了。地上堆满了细碎的瓜子壳和橘子皮，烧烤摊也陆续营业了，店铺门口停满了拉客的黑的，饭馆有人影断断续续地进出，红灯笼将路人照得透亮。

"赶快去找辆车，不然又要在这里过夜了。"

我走到街旁的一辆银色面的前询问价格。"到阳朔，一百二十块，早点来还能搭上末班车，坐我这车不划算，去前面看看还有没有顺风车。"男人个子不高，兜嘴胡须，饱经沧桑。

"最后一辆车已经走了，晚了。"

突然间，我看到了一丝希望，松开女人朝一辆大巴奔去。"好巧啊，也是去阳朔？"

"好巧，这么快又见面了，刚逛完兴坪，准备去阳朔。"这位穿红色呢子衣的中年女人，先前在车站买票时打过照面，后在码头又见过一次，有些眼缘。

"能不能载我们一程？"我边说边指指站在不远处的她。

"稍等，我去问问。"

"不载，不载，包车已满，不载私客，去别处吧。"司机怒气冲冲。

"真不好意思。"女人爱莫能助。

"没事，我再去别处看看。"

"今晚也不直接到阳朔，中途还要去几个镇，有点绕，我一个人也不能做主，实在不好意思。"女人面带歉意。

我谢过后转身走了，大巴贴着我驶出了狭窄的停车坪。

"红衣服的女人认识？"她问我。

"前几天路上碰到的，也是来旅游，看来又得停留一晚了。"

"还是想连夜赶到阳朔去。"她心有不甘。

"好吧，再去和面的司机讲讲价。"

"这么晚怕是真没车了。"师傅禁不住软磨硬泡，答应八十块送到西街，但只到街口不进去。

"虽说还是有点贵，也只能这样了。"我说。

"有近三十里的路程，油价又涨了，况且还是晚上，真不贵，晚上也正好可以看《印象·刘三姐》。"他抛出诱惑的饵。

"好看吗？"我问。

"一般般。"女人接过了话。

"第一次来，还是应该去看看，才不枉此行。"司机说，"早些年兴起时，本地人去的比较多，后来游客越来越多，说有广西风情。"

"为什么本地人越来越少呢？"

"图新鲜呗，很多人家里都有《刘三姐》的录像带，经典不过时，现在搞的，虽说声势大，毕竟赶不上经典。"司机越说越兴奋。"山水实景剧太缥缈了，像雾里看花。本地人不用门票，票贩子卖的票都是安排人在偏僻的角落里看，不怎么厚道。"

司机边开车边聊，是个话痨，我们提醒他小心开车，他憨憨一笑，说不碍事，这条路他每天都跑，熟着呢。我还是有点不放心，让他开慢点。从上车起，女人就满怀心事。

"听说这部剧是广西本地的一个作家创作的？"我问他。

"梅帅元和张艺谋共同策划的，好坏先不论，毕竟推动了旅游业发展，搁以前，穷乡僻壤的，没人愿意来。"

"桂林山水甲天下，怎会没人来呢？"

"那是以前，现在差不多破坏光了。"

"要长久发展，就得从传统文化方面开辟出旅游新亮点。"她紧紧挨着我，仍旧不说话，上车后就像进入了封闭的小世界。

"了解梅帅元这个人吗？"和作家有关的人或事我都想了解。

"他是个很了不起的人，做过广西壮剧团的团长和杂技团团长，还享受国务院政府特殊津贴呢，穷人孩子早当家，小时候受的苦也多。"他说。

"听说他搞《印象·刘三姐》之前是个作家？"

"是的，挺有想法的一个人，独挑广西文坛大梁，很有魄力。"

"看过他的作品没有？"

"《印象 · 刘三姐》？"

"不，文学作品。"

"平时跑车没工夫看书，耽误赚钱。"他稳稳当当地握着方向盘，不时从后视镜里看我。

他笑问我身边的女人是不是我的女人？

女人嗫喏地动了动嘴。

"呵，不是，路上捡到的。"我说。

"那敢情好缘分。"他一脸羡慕。我岔开话题，继续谈梅帅元。

"没看过总听过吧，他的作品。"我问他。

"讲得最多的就是《印象 · 刘三姐》，只听说过这些。"

"不知道他曾获过曹禺戏剧文学奖？还有国内的一些奖项？"

"没听过。"他继续开车。

"他离开广西以后，就不当作家了，专门搞山水实景剧策划，前些年在少林寺搞了一场，反正就是弄了很多成功的演出。"

"在他不当作家以后吗？离开作家职业后的生存状态？"

"什么？"

车行驶在漆黑如墨的路上，路两边是高低起伏的山，山外有山。我抓住她发凉的手，她就温柔地把头靠在我肩膀上。

"还有多远？"

"就到了，等会儿车就停在街口，还要赶回去，怕晚了要下雨。"我说没问题，路上开慢点。就这样，他把我们丢在湿气浓郁的街口后消失在夜色里。

"先找个地方住下。"她毕竟来过很多次。

她顺着一小段坡路往下走，夜色掩映着清晰的江流和水瀑声。

她把我带到了一座江边的民宿，拿我的身份证开了一间单间。她没有说话，抢起一长串钥匙上了楼，一切顺其自然，但愿是我想太多了。

"洗把脸就出去。"她脱掉沉重的被雨浸湿的外套，改换了一件别致的夹克。我说要上洗手间，她说就在门外等。

"肚子饿了没有？听说这儿的鱼不错。"边说边朝街对面的"特色啤酒鱼"走去。餐馆内饰很有特色，墙上挂着一幅巨型水墨画。想必是某位画家来餐馆吃饭，买单时发现忘记带钱，情急之下以画作抵押，老板欣然接受，将他的画作挂在门面里招揽顾客，也给店铺添了点文化气息。

"吃点什么？"一位女服务员手拿便笺问。

"有什么特色菜？"

"鱼就是这里的特色。"服务员指了指店名。

"来两斤漓江鱼，再加两份粑粑和两小碗莲子羹。"她熟悉这里的一切。四面环顾，店铺不大但纵横很深，各种小吃一色儿铺开，以本地风味居多，师傅们时不时从水里捞起一条条活蹦乱跳的鱼，也不刮鳞，只去掉内脏，平剖两半，每半边又横砍几刀以入味，撒上姜丝等佐料，投入油锅猛煎，再放进油锅里大火猛炸，直至鱼鳞变软后微微卷起，鱼身变得焦黄，淋入酱油，加入西红柿块，撒上红辣椒，再倒入半瓶啤酒焖。烧鱼的锅也很特别，是大大的平底盘，盘子下面是水盆，再下面才是火，这样，上面的鱼才不易烧糊。

女人的面部多云转晴，我想她定是嗅到了熟悉的味道。

她说这里的鱼放到其他任何地方都会失去原味，只有这里的水才能养出这样的鱼。

我和这个萍水相逢的女人迷失在夜色里，人是渺茫的个体，很容易隐身在环境里，变色龙一样。

"随便给我讲点什么，小故事也行。"我趁她的心情稍微好转。

"来得多并不代表熟悉。"

"那也比我熟。"

"这里不管怎样也算是广西的一张名片，知道什么是自然之旅吗？"

"以自然风景为主的人文旅游？"

"不全错，也不全对。来这里体验自然生活的人多想逃脱现实，存活在心底的悸动不会在日常生活里有太大的显露，只在夜深人静时，疯狂地生长，像蔓草。"她说。

我多多少少理解一些，直觉里我是一个作家。

"除了名胜以外呢？"我说我不喜欢走别人走的老路，我要跳出圈子换种环境。"听说有个蝴蝶岩，可以洗泥巴浴。"

"很过瘾，有机会可以去一去，就是一面巨大的山体，纯人工的。"

"可以去感受感受，时间允许的话。"

"人很多时候都需要逼迫，就像时间需要挤，不然就有拖延症。"她看着我。

"知易行难。"

"继续讲广西的'自然之旅'。"她转移话题。"近几年发展太快，味道有些变了。"

"我既非环境学家也非环保主义者，不关注这些。"

"有些东西，交叉相通。"

"例如呢？"

"社会公德、职业操守、角色转变过程中的共性，以及公民的自我约束，不过也可能是习惯和环境导致。"她说。

"这里的自然风景多少能消除点欲望，让心稍微舒缓下来。"

她笑着问我收了多少推介费？

"推崇总比隐没好，好的东西都蒙上了厚厚的灰尘。"

"明亮的眼眸还是心？"

"都有一些。"

浓烟从远处的烧烤店里飘过来，呛鼻子，仿佛刚结束了一场战斗。我突然产生一丝凄凉，顷刻间又回到了矫情的年代，我被串联在一根看不到尽头的大刚钎上不停折腾翻滚，直到咽下最后一口气。

不知道前面还有什么等待着我们，或许除了街还是街，过了拐角是另一个拐角。

我试探性地问她是不是为情所困？

她问我怎么这么肯定？

"人与人之间除了情感便是感情，十有八九发生在女人身上。"

"搞文艺的人都这么不正经？"

"至少我不正经，要不要听一个简单而又复杂的故事？"

"不感兴趣。"她嗔怒，表情却很可爱。

"也是从小说里看到的，别人写的。"

"现在的小说都流行讲故事？"

"都这样，小说的原意就是虚拟现实世界，通过讲述达到感染启迪人的目的，但光讲故事其实曲解了小说艺术文体的包容性，会导致境界狭窄逼仄。"我补充道。

"好吧，那就讲讲。"

"讲的是一个为情所伤的女人旅游疗伤的故事。"

"继续讲下去。"

"她一个人孤独地走在寂寥的街头，走过霓虹闪烁的酒吧，走过洗尽铅华的码头，从湿漉漉走向心灵干燥的高地。开篇就是这么讲的，没有透露任何线索。"

"小说都这样，喜欢加入一些俗套内容。"她说。

丙

"除疾之道，极其候证，询其嗜好，察致疾之由来，观时人之所患，其穷其病之始终矣。"

"何谓医之道？"

"用药如用兵，用医如用将，善用兵者，徒有车之功；善用药者，姜有桂之效，知其才智，以军付之，用将之道也。知其方，伎以生付之用，医之道也。"

……

你猜想遇见老先生也只能这样坐在宽敞的小山寨子里和他谈些医典理论。

椅子后面是田，田下面还是田，再远一点是看不太明朗的山，山下的水，像人的眸子，蓝得说不出话来。

水流像晶莹透亮的乳，流淌出甜蜜，又像抓不住的时光。你安静地睡在河流的夹层里，睁不开眼睛，只有耳边喧腾着的流水。整个世界，洁白、纤尘不染，没有一丁点声音。

你在河边等人骑摩托车带你去见老中医，城市的光一点点暗下去。

他问你打算逗留多久？你问他是指和老中医见面还是指留在城里的时间？你说反正一时半会也走不了，让他不要担心。

他驾驶摩托车朝郊外驶去。一路上除了山还是山，或者是水，没有戴头盔也没有绑护腿，就这样逆风行进。他扭过头说也不知道老医生在不在家，也没个电话，与世隔绝。你没有听太懂，他的话有一半都消失在了风里。

"每天都用摩托车送孩子上学？"

"你说啥？"他没有回头。

"你每天都骑摩托车送小孩上学？"你刻意贴近他的耳朵。

"大部分是孩子他妈送。"他依旧没有回头。

"这还算好的。"他说，"有些孩子还是坐爷爷奶奶的三轮车去学校。"

"可以考虑买辆二手车。"

他开始笑。"哪有钱？这年头，钱一不小心就用光了。"

"这倒是实话。"

"买不起车。"他又强调了一遍。你早已经听清楚了。

"小孩不羡慕别人家有车吗？"

"还好，孩子从小就知道节俭，家里情况也就这样，要多了没有。所以还算听话懂事，从不攀比。"

"你是个合格的父亲。"你赞美他，他憨笑，开着摩托车又拐了几道弯。

"小时候坐摩托车看见别人驾驶小汽车就特别羡慕，父亲知道后就告诉我，人要多面性地看问题，骑摩托车的人羡慕开汽车的人，骑自行车的人羡慕骑摩托车的人，步行的人羡慕骑自行车的人，腿瘸的羡慕步行的，患者羡慕健康人，分离的羡慕美满的，阴阳调和，绵延无尽。"你说。

"生活就是这个理儿，也是环境的影响。"说这话的时候，他正载着你在崎岖泥泞的乡间小道上滑行，下过雨地面上都是泥巴。你抓住他瘦弱的膀子，心惊胆战地随他左歪右晃像穿梭在秧田里的泥鳅。

"老先生在家吗？"他踏进一间土砖房。你猜想老先生一定出去了，可能要白跑一趟。

"老先生不在家，怕是出去了，等去隔壁问问。"他转身朝附近的几户人家走去，你就站在一处干燥的草垛上，等他回来。

眼前的场景似曾相识：寨子前方是椭圆形池塘，一池碧水照得人发怵，你独自站在那里，细微的呼吸声，白色的衣裳，扣子敞着，肚皮露在外面，膀子、黑眼珠子和光亮的头壳。你回忆不起来哪里见过。你陷入了难堪的梦境里，就像恰巧踩在自己的命脉上，令所有与回忆有关的事动弹不得。一只孤鸟在迷雾笼罩的森林里乱窜，空气中的水汽凝结在缥缈的树梢和绿叶上，蚊虫嗡嗡乱飞，灰黑色树干鬼影幢幢，张牙舞爪。鬼怪和野兽的声音从林深处传来。大声哭喊无济于事，没有一点儿讯息，除了心脏的跳动。躺在手术台上等待命运宣判的重疾患者，身体缓缓地飘升，在灌木丛和鸽子花的迷雾里穿梭……你醒来时，被倒绑在一根山寨门的柱子上，男男女女的脑袋倒立行走，一条粗壮的腿朝你走来，空气失去了流动，撕心裂肺的声音变得喑哑，欲望全滞留在喉咙里。你看见青草地正逐渐失去鲜艳的光泽，被鲜血染红……许久以后，满屋子扑鼻的中药味将你熏醒，你躺在木板床上。一个白胡子老头微笑地瞅着你，一脸慈祥。你问你在哪里？很俗套的问答，还活着吗？依旧很俗套。你逃不出想象力的围剿。你穿着白棉布衣到门外看水，水光照着你睁不开眼。老人说那是活生生的生命。"不是一潭死水吗？"老人说，"春水，秋水，何谓一潭死水？这世上没有死水，只有起不了波澜的水。"你就不再说话，只听着。"差一点就见阎王了，发现你时面目已发黑，蛇毒就快渗透到五脏六腑。""什么毒？""五步蛇毒。"为什么要救你？"寨子里的一个寡妇用干净的血液换了你体内的毒血。""她呢？""她牺牲自己救活了你。"你不信人血还能互换。像换了心还是原来的心吗？会交叉感染吗？

你醒了，近乎发生在现实里一样，历历在目。

"老先生进山采草药去了，不知道什么时候回来。"他满脸失望。

"屋门开着不像出了远门。"

"老先生出门从不关门，都是熟人。"

"要跟你回去吗？"

"那倒不用，你在这里等他回来。"

你把他送到寨子口，目送他在光与影里渐行渐远。

寂静的氛围让你想起了以前陪母亲养病的日子。幽篁在梅雨季里悄然拔节，你握着母亲的手回忆年轻岁月。医生说母亲的病是操劳过度导致，要避免情绪化。你那时正努力做一名合格的医生，完全没有想到若干年后还能完整地想起陈年往事。

你内心里的静谧和眼前的静谧出奇相似。不是只有你——作为自以为是的不负责任的群体——能独有，那不是你的，你活在你的你中。

午后的阳光柔和地照在脸上，你拉着母亲的手漫步湖边，湖里一条船都没有，母亲说想去湖心看看，你一如既往地否定了她。你的母亲也就不再抱怨什么，只牢牢抓着你的手。

你想打破宁静得近乎恐怖的氛围，黑色的树和深沉的池塘左右着你的思想，把你往更深的沼泽里拉，你拼命地呼喊挣扎，快要支撑不下去了。

母亲就这样拉着你的手绕湖泊一圈一圈地走，你看不到尽头，而母亲却越来越有精神，你说回去吧，母亲让你再陪她走走、看看，她怕就要看不到这些景儿了，你的心就一下子又软了下来。

你从幽深不见底的湖泊里浮起来，像一盏亮堂堂的纸灯笼飘在皎洁的夜空，吹不灭的光，亮晶晶地点缀在天上，一轮弯月割破了树的衣裳。你越想逃脱越逃不脱，沉溺进回忆里不能自拔。

你带着一腔情绪走进潮湿的屋子。正对着你的是一扇嵌着古旧铜环的门，正面刻着一些碎花纹，高大漆黑的柜子上插了几根早已燃尽的烛，旁边有个装着老人遗像的灰白镜框，你就想是不是人逝去后世界都会黯然失色。柜子上有几个和外面大门一样的铜环，遥相呼应，只是尺寸略微小了点，抽屉你不敢打开，怕扯开就散发出令你眩晕的幻觉。左边两间简陋的屋子，都用黛蓝色的布窗帘遮住了。

柜旁紧挨着一个小柜子用来搁置日常用品，镰、斧、草帽和线圈、蓑衣则挂在墙面，还有一张灰黄色沙泥网，鸡笼里的鸡唧唧咕咕地叫着。

地面坑坑洼洼，但很干净，没有多少和泥土不相关的杂质，一张靠近墙角撑开的四方桌像一把伞寂寞地立在那里，桌子上有几片碎麻布，边上摆了两张染了黑油漆的松木椅子，仿佛上面坐了人，纹丝不动。

你掀开其中一扇蓝布帘子跨了进去，没有一丝光透进来，灰尘和物体腐烂的气息从四面八方袭来，带着极大的唐突。

你转身点燃了一盏煤油灯，火苗在风里颤抖。豆般的光逐渐将屋子里的每个角落照醒。远处的强光提示你这里并不如你想象中的落后，白炽灯露出的渴望从下面寨子中逼仄的窗户里飘出来，你想循着那道光去看看。

没有吹灯，只轻轻地拉上门就朝亮光的地方走，几声狗吠隐约传来，恰到好处的演绎，是生活场景里必不可少的剧情。

如果哪一天你独自走在漆黑的路上，听到几声尖锐的狗叫

或者鸡鸣，你定会感觉自己再也不像先前那么害怕了。这是古
老的心理暗示。寂静的远山传来鹧鸪叫，老人都说是死去之人
在叫魂，快要谢世的老人和体弱多病的孩子，只要听到那叫声
都会哭泣，像是"回来吧，回来吧"的呼唤。

"老先生家来的客人吧？"你挨近明亮灯光，声音从后屋
偏房里传出来，有人正在上茅房。

"是的，来找老先生，听说进山采草药去了。"

"进屋坐坐，屋里亮堂点。"黑影走到光亮下。留着胡须
的高个子瘦男人，小眼睛，瘦削鼻子，宽而坚毅的脸庞。这样
的男人就该属于这里，错不了。

"不知道老先生什么时候回来？"你找不到话说。

"短则四五天，长则十天半月，没人说得准。"高个子男
人说。

"你是说连你都不确定老先生什么时候回来？"

"老先生人比较孤僻。"

"你应该对老先生有一些了解。"

"不怎么了解。"他找了一个矮脚凳坐下，婆娘端出来两
杯茶，你喝了一口后将茶杯搁在门槛外的泥地上。

"老先生前几年才回到寨子，以前一直在城里搞中医，无
儿无女，老伴过世后才回来，突发性脑出血，老病根了，治不
好。"他流露出惋惜。

"你是说老先生一辈子无儿无女？"

"也不知道为什么，估计是有病，也只是猜测。"

"老先生回来后呢？"

"你是说生活吗？"

"是的。"

"一个人生活，怪可怜的，有时候也会去和他聊聊天，他就讲一些城市里的事，太压抑。"他喝了一口茶。

"死了老伴的缘故？"

"很多人说他是因为内疚自责才回来。"

"内疚？自责？"

"继续说下去。"

"他在城市里治病治死了人。"

"治死了人？怎么回事？"

"用错药致使怀孕八个月的高龄产妇流产了。"

"能详细讲讲吗？反正闲着也是闲着。"

"那天，老先生的中医诊所来了一个大肚子的妇女，想检查看是否动了胎气，恰巧他不在，新来的伙计就领着妇女去检查，没发现什么异样，便让过些天再来复诊。"

"接下来呢？"

"过了几天，妇女来中医门诊复查，老中医恰好又临时有事出去了，青年人做了简单检查后，给她开了几副安胎药。"

"就这么巧?老先生几次都不在？"

"天意。"他又说，"命，你信吗？"

"不知道。"

"你还真别不信，那晚从市区回来，在十字路口等红灯，旁边正好停着两辆摩托车，发动机还没歇火，迎面驶来的一辆车突然就撞上了隔离栏，将骑摩托车的两个人碾死，短短几秒钟。"他说看得直冒冷汗。

"这个世界每天都在死人，又每天都有新生命降临，很正常。"你说。"继续讲老先生的事。"

"女人来看了三次，一连拿了好几副中药，肚子越来越疼。"

"她怎么不去医院呢？"

"可能比较信中医吧。"他带着一股猜测性的语气。

"第四次，女人瘫坐在诊所里等老中医回来……"尽管有些场景可能是凭空杜撰出来的，你依然选择听下去。

"老中医回来了没？"你挑重点问。

"你很感兴趣？"

你说你迫不及待想继续听下去。

"及时回来了，他了解情况后便开始给女人检查。"

"怎么样？"

"女人怀孕八个月的孩子早已胎死腹中！"

"吃药吃死的？"

"据说是的，但没人知道其中缘由。老中医问年轻后生，后生吓得两眼发青说不出话来，老先生又寻先前开的中药单子，发现没有错，这就令他更纳闷了。"

"怎么回事呢？"

"老先生好说歹说让女人家里来人把她接了回去，自己则复查中药方子，又询问了各种细节和经过，发现药方没错，是抓药的人搞混了一味药引，导致药性大变。"

"过失就出现在这里。老先生异常悲痛，为自己的过失也替女人感到不幸。"

"可能是老先生膝下无儿无女才会同感。"

"也是一部分原因。"

"这也不能全怪老先生，女人来看病时他根本就不在，只能怪他平时管教不严。"

"可要了一条人命啊。"他怔了怔。

"检查过程中，女人肚子里反常没看出来？"你又问。

"不过话说回来，你说老先生有错吗？"

"有过错，但不应该为此背负长久的自责。"你说。

"造化弄人，他应该清醒过来。"

"可他终究背负着一切，良心上过于苛刻。"

"老先生祖上和善，没出过恶人。"

"你是说老先生祖上都是好人？"

"都是好人，老先生也是，谁都没有想到晚年如此凄凉，老天爷不该。"他说。

"女人的事情后来怎么处理的？"

"还能怎么办？要钱赔钱，要命一条。赔了很大一笔钱。对于一个高龄产妇而言，怀上孩子概率太小，可这个梦就在眼前破灭了，更不幸的是，女人以后再也无法生育了。"

"悲剧。"你替这个活在别人的讲述和记忆勾勒中的女人惋惜。

"老先生治病救人的初衷是好的，没想到最终倾其所有赔给了患者。"他悻悻地说。

"真是天意和造化弄人。"

"善意的初衷和恶劣的结果往往喜欢联系在一起，事情总不会朝人的预想发展。"他说。

你不想再听下去。你要回去了，他要送送，你说不用麻烦，能够趁着光亮摸黑回到屋里去。你就这样头也不回地消失在寂寥空旷的夜色中。

卯

"算是吧。"

"女人不经意间走进一家根雕店。店主外表俊俏能说会道，早些年骗一个女人为其生了一个孩子，不过孩子生下来后女人就再也没回来了。"

"小孩生活怎么办？"她问。

"能怎么办？被男人接到根雕店里，不读书也不学习，成天跟着混。"

"男人一定骗过很多纯情的女人。"

"或许作者就是这样一个人。"我说，"女人走进根雕店后，男人笑脸相迎，有意无意指着一座巨大的男人生殖器根雕给她看。"

"男人怎么都是一肚子花花肠子？"

"男人见女人对眼前的'图腾崇拜'感兴趣，欲擒故纵，让女人先去别处逛逛，晚上可以过来探讨一下图腾文化。"

"女人怎么说？"

女人说走到哪里算哪里，看缘分。

犹疑的女人最容易落入陷阱。

对面酒吧的老板瞅着女孩悄然走远，向根雕店男人投去鄙夷的目光。根雕店里的男人摆摆头笑，他已经不知道蒙骗过多少女人了。

"男人把店铺当成哄骗女人的阵地？"

"无非是狡猾的男人哄骗女人的伎俩。"

"听到这里，感觉如何？"

"可以反求诸己。"她说，"这里每天都上演着此类剧情，一段又一段。"

她静静地听着。

"整篇小说当时只扫到这里，接下来的情节就有点令人大跌眼镜了。"

"怎么发展的？"

"女人离开后，一个乞丐正暗地里跟着她，乞丐是一位便衣警察，已经跟了女人一路。"

"虚伪的剧情，看到这里彻底看不下去了，仿佛下一刻女人就会变成女神，死灰复燃起死回生。"

"情节过于突兀，显得虚假。"她评论。

"小说就是虚假的产物。"

"小说批评家和评论家有何区别？"

"批评家是批评家，评论家是评论家，不一样。"

"还没有回答到底怎么个不一样法。"她步步紧逼。

"或许是站的角度不一样。"我说我懂的都是她懂的，我不懂的也都是她不懂的。

"故事就这样完了？"

"当然没完，只是没有继续看下去，当时正坐在回家的火车上，没有多少心情。"我说，"还是看看风景，没有什么压力。"

"是不是美景都令人流连忘返，像难忘的情？"我问她。

她假装没听到。

"这里的民俗就是美。"

"迷恋自然深处，捕捉刹那永恒。对于作家、美术家、摄影家、学生和业余爱好者，这里有取之不尽、激奋人心的创作素材。"

"渐渐有点感觉了。"我说，"在这个过程里"。

"身处夜色，感受更多的是如梦似幻，带着散漫的心，俗世欲念和疲惫一扫而光，这一长趟的西街，徐徐拉开，江上鱼鹰的快意和渔人的网，奇奇幻幻，进入了另一个世界。"

"以前别人热衷谈放弃高薪辞职隐居与逃离，现在还谈吗？"

"估计认清眼前的世界就不谈了。"

"眼前的小世界和我们身处的大世界有什么关联？"

"眼前的小世界透着一股古老，大世界太新了。"她不知道怎么回答。

"最古老的街是哪条？"

"西街往里走。"

"老到什么程度？"

"陶潜彭泽五株柳，潘岳河阳一县花。两处怎如阳朔好，碧莲峰里住人家。"

"还会背诗？"

"半瓶子醋。"

"这里有一千四百多年的历史，多是舶来风格，外国人居多。"她说。

"难怪一路上遇到很多外国人。"

"完全是另一种体验——浓浓的乡村氛围中流淌着纯正的小资情调，朴素的民风里包容着令人惊讶的国际元素，阳朔人爱吃的糍粑与米粉、正宗的意大利咖啡与西餐，古老的中国画、前卫的休闲风尚，中文、英文、法语、意大利语乃至西班牙语……种种看似不可能的，全部糅合在不足一千米的小街里。"

"怪不得这么多人都喜欢来这里。"

"这里的人都是不折不扣'旅居者'，加上这里氛围也好，邀上几个好友，带几本书，要几杯咖啡，就能舒舒服服躺上一天。"

我说她完全可以做个出色的导游。

"有压力，做不来。"她说，"主要背负了太多。"

"听说这里的涉外婚姻比例比较高？"我调侃。

"主要是人口混杂，又普遍没有压力。"

夜色慢慢黏稠，江水细声流着。一夜时间，江水一定会漫上来，漫过心的堤岸，我就直坦坦地躺在漫水里，像一尾晶莹而透明的鱼。

她说走吧，逛得差不多了，我也疲惫。

"回去说一点事。"

"突然想说了？不想藏在心底了？"我边走边笑她。

她说但愿我只当是听了阅后即焚的故事。

我以为她是将我作为替代品。

我拉下栓子，推开窗，一阵冷风迎面而来。

"还真有点冷。"

"是有点，还是把窗户关上吧，寒气重，拉上暖和一点。"

"灯要都打开吗？"

"想打开就打开吧。"

空荡狭小的房间，我有点局促、拘谨和慌乱。

"很紧张吗？"她拿纸巾擦了擦眼角的妆。

"还好。"

"这样说就是有一点了。"她呵呵直笑。"从没有和一个陌生女人睡一起？"

我说我小时候躲过母亲的怀抱。

她问我为何不结婚？我说一个人自由，两个人反而不自由。

她上下打量着我。

"肯定没问题。"我强调，避免她过多猜测。

她哈哈大笑。她正在洗澡，害怕独处，心里有莫名的恐惧，患得患失。她让我背对着她和她说话，说些什么都行，就是不要停。尽管背对着她，我的大脑不停地勾勒她出浴的样子……

她裹着宽大的浴袍出来了，头发用浴帽包着，腾腾地直冒热气。我没敢看她。

"可以了。"她朝温暖的台灯旁走去，随手打开了电视。

真是多此一举，趁早开电视就行，热闹，为什么非要我陪聊？我小声嘀咕。应了一声，取了衣裳，进去了。心里始终放不下，猜想她到底等会儿会给我讲些什么。是喜剧还是悲剧？又为何要分得这么直白和明显？喜就是喜，悲就是悲，哪有这么多为什么。无聊透顶，前前后后净想些鬼东西。整个世界只剩下浴室里哗啦啦的水声，和白天在江边听到的一模一样，充满了不可宣泄的欲望。

"相信世道轮回吗？"

她问我信不信？

我问她信不信？

她说她相信。"就三年前的一个夜晚，我和另一个男人也是夜宿江边这家民宿，也是这间房这张床。他当时就躺在我现在躺的这个位置。"

"他是谁？"

"生命里的过客，永恒的过客。"

我问是不是她以前的未婚夫？

她不说话。

我不寒而栗。不过很快我就尝试着镇定下来。

"这里是不是有个渔火节？"我问她。房间里弥漫着阴森。

她说以前未婚夫带她去看过一次，在一个薄雾的秋夜里。

我没有办法只安静地当一名倾听者。

"渔火节是当地传统的夜间捕鱼活动，就是利用鱼夜间趋光的习性诱捕鱼，再搭配文艺活动，都是艺术家乐意看到的场景，自然与人文相得益彰，诗画水墨交融一体，充满韵味。"她看着我说。

"作家不一定重人文，现在的作家看重眼前实效，不进行没有利益的创作，眼前的效果与恒久深邃的思想又极其相悖，思想的创作都需要酝酿期。不过，现在稍微上点规模的活动都是政府牵头主导，个体很难运作好。"

"个体再怎么运作也无法超越群体的智慧。"

"泛化了的东西终究会泛滥成灾，直至消亡。"

"真是一团难解的矛盾。"她说。"已经三年了，身边仍萦绕着他的影子。我能够感觉到他一直没有走远，就在附近，幻化为人兽草木流泉。仿佛还在昨天，举手投足间，看得见摸不到。"她止不住哭泣。

我把浴巾的一角伸给她。我说我可以借半个肩膀。

　　"不好意思，只是有些伤感。"她把头偏向我，我下意识将她揽入怀抱，尽管没有人告诉我必须这样做。她也就不再拒绝。

　　"前些天不是想给我讲遇龙河'读书岩'的故事吗？现在可以说说。"

　　她的心哭泣后裂了一道缝儿，有丝丝缕缕的柔和的光透进来。

　　"很久很久以前……"

　　"能不能不用'很久很久以前'，俗气得不得了。"

　　"好吧。那是在很早的时候……"她又准备讲。

　　"有多早？"

　　"反正是很久很久以前了。"她笑着回我。

　　"我说了不准用'很久很久以前'。"

　　"很早很早……"

　　"也不能用'很早很早'。"我一肚子的墨水此刻终于找到了用武之地。

　　"笑什么？"

　　我怔了怔，"想到一些事。"

　　我说她浑身上下散发着优雅的美，这一刻我想正经都难。

　　"遇龙河以前住着一个叫慧娘的女人，聪明、贤淑，琴棋书画、刺绣样样精通，是远近闻名的才女。"

　　"没什么好下场。"

　　她责备我狗嘴里吐不出象牙。

“古往今来都这样。”

“县城里住着一个自幼父母双亡的穷小子，其貌不扬但为人忠厚老实，凭着一身武艺封了个武教头。”

“步入仕途了？”

她不理我，继续讲下去。

“慧娘偶然遇见了他，一见倾心，不顾各方反对与之结合了。”

她突然停下来问我是否相信一见钟情？

“真正想在婚姻里搀扶到老还需同甘共苦。”

她没有听到她想听到的答案，我也没有说出我心里最想说出的话。一切像是水到渠成地敷衍。

“接着说。”我见她陷入了隐形的忧伤里。

“慧娘家里得知后买通官府将男人的武教头职务给撤了。慧娘夫妇只得回老家遇龙河畔。”

“与世无争过一辈子？那就毫无故事可言了。”

“不要插嘴。”

“不久，慧娘生下一子，取名‘义仔’，寓意‘天生仗义’。不久，丈夫病故，慧娘带着义仔住进山洞，靠刺绣活儿养家糊口。义仔自幼熟读兵法，武艺精湛，在一次误杀财主后走上了义军之路，势力也越来越大，朝廷招安，义仔听了慧娘的话，率军下山归顺朝廷，将管辖之地取名归义县，住过的岩取名‘读书岩’。”

“又是杜撰的史实教化学说。”

"是不是每个故事都喜欢在最后阐述一个道理？"

"看上去是这样。"我不做过多思索，随口答道。

"能够猜测接下来的事吗？"她望着我，带着特有的温情。

我说不知道。

"敢说不知道？"……她起身裹上浴巾，沉默地走进浴室关上了门，花洒里的水溅起的声音很大。

我将不知何时关闭的电视机重新打开。

"没事吧？"我隔着玻璃问她。

没有回应。我整理好凌乱的床，浴室内的她，越来越模糊。

丁

你重新燃起烛火，借着微弱的光掀开布帘，旁边厚实的木床挡住了去路，几张松木椅子散乱地摆在周围，上面搭着几件单薄的衣服，床头立着老式收音机，墙壁上靠着一柄长而钝的砍刀。床上铺着整齐的被褥，不算厚，浅色带条纹。空荡荡的屋子，潮湿味伴随霉味滋生。角落里几只耗子打乱了你的思维，如果不是因为这，你还会联想到更多。你不禁哑然，这浅浅的表情恐怕连你都觉察不出。你丧失了最初的睡意，亢奋起来，粗糙的手掌和疲惫的脸开始红热。你怀疑自己吃错了药或是水土不服。你设想如果面前摆放一个专门用来捕捉思绪的机器，机器会不会最终因为思绪万千而崩溃。你快被蒸发了，在阴雨连绵的雨季，很疲惫，根本无法停下来。

木门被风刮得呼呼作响。山里的风，比城市里的风更狂野、猛烈。屋里的光线越来越暗淡，找不到其他的煤油灯或蜡烛。自己终究是个素不相识的局外人。这屋子里的一切都是冰冷冰冷的，没有一丝生气。

你坐立不安，一反常态。以前在医院，你从早上八点坐诊到晚上八点都不觉得单调乏味，此刻短短不足一刻钟你就想逃避。人，终究逃不出环境。

烛火在里屋斜角的镜子里闪烁，暗夜在诱惑你，镜子里面藏匿着恍如仙境的天地：春如朝露，夏犹鸣蝉，秋似蒹葭，冬若皑雪。人，只要进去了就再也出不来。你清楚地知道自己已经过了孩童的年纪，额头铺满沟壑，胡须青云密布，眼神呆滞茫然。

你去灶屋里找了个黑色铁壶，用丝瓜瓢刷了两道后装了大半壶水，拾了干柴，又用搁在石缝里的火柴点燃，柴火干燥，噼里啪啦就燃起来了，屋子顿时亮堂起来，稍稍有点暖意。你提起水壶钩在钩子上，搬了张椅子坐火边，陷入完整又不完整、断裂又不断裂的剧情里。你在等待一个迟迟不归的故人，在一个寒冷的夜晚，除了享受无边无际的孤独外，一无所有。

火吧唧吧唧烧着，你找了张椅子搁脚。脱下鞋子，袜子不知道什么时候破了一个洞，几只惨白肥胖的脚趾头裸露出来。你把脱下的袜子搭在火边烤，将冻得发凉的脚掌往火里伸，反反复复。你很享受这种环境下的肆无忌惮。

也许，他明天就能回来，大清早就能回来，回来的时候你还在沉睡。他会不会介意陌生人的造访？脱去鞋袜，燃起温暖的火焰，烧一壶滚烫的茶水，站在你的角度想，如果这就是自己的屋子，他来寻自己，结果可能比这还糟。

　　你是个十足的享受主义者。

　　说这话时，水壶向外面漫溢出白色水沫，你贪恋柴火的温暖不想起身，任凭水壶里的水翻滚，你不在意，房子的主人也不会在意。

　　你就是屋子的主人。

　　镜子中的你，已逼近幻想的境地，人在温暖的时光里都容易自以为是。

　　水溢出来滴在熊熊燃烧的柴火堆上，青烟直冒。躺在两张椅子上的你陷入了深深的迷惘和惆怅，大脑里开始闪现出人生各个场景，你下意识地想找到开关关闭这种自动播放却怎么也找不到，身子无法动弹。没有人告诉你现在是什么时候也没有人告诉你屋主人什么时候回来。这个故事里各种道具齐全，各种情节该虚构的虚构该写实的写实，还可以根据实景造景，万事俱备，独独欠缺一个鲜活的人物。

　　你不是那个人物吗？

　　你不过是虚无主义者。

　　你想想也是的，不喜欢在自己的世界里演绎，常常陷入别人的主动和自己设定的被动里。就像屋主人，未曾见过，却一直在耗费精力等，也不知道这等候有没有意义。

　　"简直不知所云。"你对着镜子中的陌生人吼。

　　你挣扎着跳起来，去灶屋里重新打了满满一壶水，又去里屋拿了收音机，想制造点儿人气。收音机早就没电了，你对这种情况手足无措，你就是一个和眼前世界隔离的人。你在出门前就已经放弃了所有通信设备，再也不需要任何联络，就像眼前，不问结果，乐意享受这种永远也无法抵达尽头的过程。

你看着眼前的一壶水从冷却变恒温，从恒温变沸腾，再从沸腾变恒温，从恒温变冷却。情绪和心，也开始从最初的燥腾渐渐酥软。

你陷入深层疲惫。

母亲穿着灰褂子坐在你身边，慈祥地看着你，一言不发。相视，竟然成了奢侈。你和母亲就待在这样的环境里，周围只有松油燃烧的声音。

火光渐渐黯淡下去，形成一道微弱的可以穿越的光圈，你小心翼翼地走进去，搀扶着母亲，母亲说你的父亲就睡在里面的大床上，不要去打扰他。

"父亲还存在吗？"

"只是熟睡而已，他太累了。"

你说你不信。人家说睡熟了就是死去的意思。你拼命地追问母亲父亲是不是永远不在了。

母亲依然否定。

你还是不信，上前推搡父亲，父亲竟然醒来了，带着笑容，仿佛做了一个地久天长的梦。梦境是你憎恨的东西，再美好的事物和场景都会醒来，很多时候又醒来得不合时宜；你却又不想过于憎恨它，梦境往往终结于可怕的噩梦。现实如果不朝着你思维的方向蔓延，很容易演变成一场灭顶之灾。你能够听到睡梦中的笑声，带着冰冷的质感和咯吱咯吱踩在雪地上的声响。真的很庆幸你还活着，活在你思维的深层次里，没有伴随一场永远也无法醒来的梦境远去。

只不过偶然踩了支冰冷刺骨的铁钉。你抱住父亲瘦弱的肩膀，母亲拉不住你，哭泣的声音越来越大，越来越洪亮。

"夜晚梦游的人是不是不能被唤醒，否则会永远地迷失在梦里？"你转过身问母亲。

"不会的，孩子，那是骗人的。别人不认识，父亲母亲一眼就能找到迷失的你。"你就知道他们会这样回答你，可还是忍不住问。你渴望自欺欺人，已无法自主思考和辩解。

一条波光粼粼的河流横在你前面。

父亲、母亲和你迈出房门，河流毫无征兆地出现了，像是预先设定的场景。河面雾气弥漫，消散不开。你牵着父母的手蹚水，身子薄如蝉翼，没有质量，仿佛飘在半空。水面很平静，你的心也很平静。很高兴这种感觉的失而复得，但不确定它能否长久。就像眼前浓得化不开的雾气，太阳一出来就都消散了。突然间你父母掉进了深不见底的河流里，整个儿沉没下去，整条河流上只剩下你一个人，哭闹喊叫没人搭理，没有人，没有鸟兽，没有任何与山川云彩相染的事物，只有长长的望不到头的泛着白雾的河流，唯一能用肉眼看到的便是河流在流动，像猫琥珀似的蓝眼睛。一切都那么陌生，都成了行尸走肉。

前方是幽深寂静的森林。

　　你想坐下来，或是横躺在柔软的流波里，让流水冲刷躯体，眼睛一眨一眨，整条河流都是你的身子，你觉得自己的身子陡然间越来越沉重，像是戴了沉入水底的镣铐，无法释放。

　　树林里隐隐约约射出几缕微弱的光线，你唯一能够感触到的颜色。还是无法睁开眼睛，只能用仅有的味觉去接触这些非味觉感官的外界，这种交错和凌乱反而更能激发人的敏锐的观察力和辨别力。

　　你憋了一口气泅渡到岸边的草地，等候你的依然是一片森林，仿佛未曾变过，现在，未来。地上铺满了秋天的落叶和枯死的树枝松针，刺扎得脚底生疼，你刚走过柔软之地，前面的诱惑大打折扣。你想转身回到柔软的河流。身后有人拉扯你的腿，往河流里拽。

　　几颗寥落的星从暗夜里挤出来，眨巴着眼睛挑逗。

　　快凌晨时，你被冻醒了。面前的火堆早已熄灭，化为一摊灰烬。你思前想后，决定天亮就走，离开这间散发着霉味的屋子。碰不到想碰见的人，说不上想说的话，你甚至都不知道屋子主人回来后，究竟想问些什么，此行的目的不再有任何意义。起身穿上鞋袜，你又到灰暗的镜子面前梳理一番后才提起黑色的水壶去打水。柴火重新被点燃，屋子里重新温暖起来。这是你乐意看到的，在离开之前，再次享受火光带来的温存。水壶边沿细密的水珠一点一点地蒸腾，冒出嘶嘶白雾，你又捡起几块厚重的劈柴扔进火堆中，用长长的火钳夹起半块昨晚没烧完的木头往火中挪了挪，像是时光的流泻。

天色亮起来。

你坐在火边，端着一杯乏味的白开水。昨天闲聊时你获知翻过一座高山便会抵达一座县城。对一个外乡人来说，熟悉的事物都显得陌生，容易被欺骗。尽管如此，你还是找到了新目标。你不想违心地生活下去，想顺着思绪的绵延进行一次前途未卜的颠沛流离，生命和死亡在这个过程里无足轻重。

天已经透亮，竟然没有任何鸡打鸣。这里的早晨，静得让人害怕。熊熊的火苗被剩下的半壶水"嘘"一声浇灭，你拨开其他柴火后拉开木门走了出去。

拐过寨前的土路顺着侧边一条狭小的山道上山。雾气很大，露水打湿了你的衣鞋，林子里不时有鸟兽声传来，你哼唱起儿时的歌谣，脚步轻快。

你朝山顶走去，想看看县城还有多远。你其实还是想留在山下的寨子里，就坐在屋里的火炕旁边喝着热茶，静静等待主人的归来。这原本就该是一种不错的生活状态，何苦又要跑到这山中来，去一个从未去过的县城。

走了快三个时辰，还没见到一个人影。和自然比，人如蔓草、弯月，或是来去无影的风。午时，你听到山谷中回荡着几声沉闷的枪响，这里曾是土匪出没之地。你脚步沉重，害怕碰上山中老去的土匪。

过了这么多年，人的面貌怎么说也会改变，谁又能够一眼辨认出几十年前的土匪呢？

你的意思是人的邪恶写在脸上？

你朝前走。不想纠结这个问题。

快要到山顶了，你庆幸终于可以将看不到的虚无抛到身后了，甚至忘记了满身疲惫和饥饿。选了一处平软的草地坐下来。有清爽的冷风在吹，县城就在你的眼底，几条河流围在县城周边。你的瞳孔是微缩存储器，山川草木都清晰起来，你也头一次觉得近在眼前的东西原来这么遥远。

你打算吃完最后一点食物后继续走，天黑前应该能够赶到县城外围。你对这里的黑夜有种排斥。

山路上遇到几个上了年纪的猎人，猎人们对这个穿梭在深山老林且衣衫破烂的中年人感到迷惑，眼里流露出异样，你能够听到他们内心的嘀咕：这人从哪里来到哪里去？你迎面笑笑，装作急行的赶路人，他们也就不再有过多揣测。

山泉静静地流淌。你找了块大而光滑的青石坐下来。

这时，从旁边密林的夹道上过来一个背着竹篓的老人。老人上了年纪，但身子骨健硕，从步伐可以看出来。

老人将装满药草的竹背篓搁在你身边的石头上，腾出肩膀换手。

"老先生，篓子里装的全都是草药？"

"嗯。都是药草。"

"老先生是要回家吗？"

"出来很久了，准备回家，翻过这座山就到。"

"老先生知道去县城的近路怎么走吗？"

"你是说凤凰城？"他话语中带着不确定性。"不远，天黑前就能赶到。"

"凤凰城？那座县城叫凤凰城？"

"是的，凤凰城。"

"真是好人。"

他说他是普通人，只会看病救人。"人，其实不分好坏，这个角度看是好人，换个角度，就成了坏人。这个时代往往以最大化利益群体为好人的评判标准，是不科学的。"老人越讲兴致越高。

你对老先生刮目相看。

老人慈眉善目地望着你，在这地儿遇到这样一个儒雅的老智者真是件幸运的事。

"这个想法不固执。"

"人就怕思想上的固执。"

"给你讲个故事。想听吗？"老先生将砍刀搁在草丛上，紧接着又从怀里摸出一杆木制铜嘴的烟枪，装上烟叶，擦燃火镰，吮吸起来。动作娴熟，充满趣味。

你说你洗耳恭听。

"以前县城里有位老中医，医术精湛，经常对贫苦患者免费施药，救死扶伤，远近闻名。渐渐地，他成了大家口耳相传的好人。"

"接下来呢？"

"来诊所免费看病取药的人越来越多，也不乏投机取巧贪图便宜之人。原本诊所只有一两个伙计，没办法又新增了几个年轻后生充当帮手。你知道，中药底子不厚，总会出点乱子。"

"多则乱，是这个道理。"你说。

"很快，诊所里的药材免费施舍一空，老中医只得进山自己采挖药材。在这段时间里，他的老伴突发脑出血，也撒手人寰。"

"这病是急性的，即便当时在家也不一定救得了。"

"可他正在山中采药。"

"这完全是可以避免的悲剧？"

"至少可以减轻。"

"再后来呢？"

"处理完老伴的丧事后，他一连数天进山采药，一个高龄产妇来诊所就诊，新来的伙计抓错方子，导致婴儿胎死腹中。"

"酿成了惨剧。"你不无伤感，"不过也不能全归咎于那位老中医。"

"他固执地认为是自己的错，很内疚。"

"诊所现在还开吗？"你又问。

"诊所生意日渐惨淡，你知道，救死扶伤的地方最忌讳死亡。他变卖诊所后回了老家。"

你说你好像在哪里听过，一时想不起来。

老人笑笑，不再说话。

"谁又能分得清机会型陷阱和陷阱型机会呢？"

你说你还是打心底认为老中医是好人。

老人眼角有细微的湿润，像是叶子上浅淡的晨露。他在石头上磕掉烟枪里的烟叶，裹起来揣进怀里，起身背起竹篓，头也不回地走远了。

辰

过了许久，她从浴室里出来。

"没事吧？"

"没事。只是屋子里发生的一切都让我想到他。"

"人都喜欢天马行空。"

"那晚，如果不是我非求着他带我去参加渔火节，他也不会为了救我搭上性命。"她死命拽着我，"他水性很好，完全可以没事的，真的，要不是救我，不会死。"

我握住她的手。"想让他的离去变得有意义，就应该好好活着。"

"每个人的生命都是一段旅程，这一段结束，或是在下一个阶段结束，永远也猜不透结束在哪个阶段，活着的人只记得活着的风景。"她说她相信我。

第二天清早醒来，房间里只剩下我一个人，下楼核查登记簿，也是我的名字，种种迹象表明这里不曾有第二个人来过，一切都像是自我臆想。我继而开始怀疑昨晚睡在我旁边的女人是否真实存在。像是一场梦，未曾开始，已经结束。

"不多住几天？"民宿老板娘很热情。

"不了，还有事。"

"一个人才来这么两天，好多景点没有逛吧，怎么就走？！"老板娘的语气中带着不容置疑的遗憾。我有点厌恶这个女人，无非想方设法留我住几晚多赚些房费。我不再说话，心里却反复思量着老板娘的话。"一个人？难道自始至终一个人？"

退房后我准备搭车回市内。江面上的船陆续回来了，停靠在码头，船主们戴着斗笠钻进了江边的小房子里躲雨。街边小摊小贩，坐在雨棚下看着过往的行人，瓜皮纸屑凌乱地撒了一地，没有人清理，伞像是五彩缤纷的云绽放在空气里。

一个中年妇女拉住我："看不看《刘三姐》？"

"多少钱？"

"一百八十块。"

"太贵了。"我诈她，她也不容易，没人会冒着雨出来兜售演出票。

"再少点，不然我走了。"

"一百二十块，不能再少了。"她的表情让人生悲。

"七十块，刚才有人说七十块就能看。"我想探探水到底有多深。

"骗人的，除了假票就是一些自家的船，客人上了船后船家就会把船划到离演出场地很远的角落里停着，什么都看不到！坑人！"她说这是正规票，位置好，观赏角度也好。

"怎么证明是真票？"

"假票回来找我，一百元一张，算了，亏本卖。"她说这话的时候递给我一张票，眼神不像是在骗人。我掏了钱给她，她捏了捏后收好转身走了。

检票口，检票员说假票要没收。

"怎么会是假票？！"我从检票员手里把票夺过来，"背面右下方验证码早已刮开过。"检票员说太明显了。要找到刚才那位"黄牛贩子"是不可能了。

"没人管吗？！"我心里清楚再怎么责备检票员也无济于事。

"抓了放，放了抓，都皮了，屡禁不止。"我当着他的面把票撕了个粉碎。

吃完饭已过晌午，进了汽车站安检口，找了处人少的地方坐下，地上掉了一张名片，"王秀桃"——多么乡气的名字，上面说她是一家民宿的老板。我于是又想到了另外一个中年妇女。那天在一个三岔路口下车，一个矮小瘦弱透着机灵的妇女满脸堆欢地迎了上来。

"老板，去阳朔？"

"嗯。请问码头怎么去？"我直入主题。

"坐竹排吗？最好看的就是十里画廊。"妇女双眼放光。

"请问码头怎么走？"

"从这个地方坐竹排，顺十里画廊往下漂，很好玩。"她指着地图说。

"请问码头怎么走？"

"要坐车，等会儿，车还没来。"。

"坐车？很远？"

"渡口离这里有点远，坐车快些。"她站在路边像风中的霜茄。我注意到眼前这个将近五十岁的妇女牙齿不好，含着一副银色牙套，有些别扭。

我问她厕所在哪里？

她说就在小卖铺后面的菜园角落。她带我穿过马路，指了指后就坐在小卖铺前看人打麻将。

我就在想，如果我偷偷溜走了，这个矮小的女人会不会暴跳如雷？

上完厕所，她招呼我坐她旁边等。一位年轻的骑行小伙估计是搞错了方向折回来问路。

"去桂林市内怎么走？"小伙子问我。

"不好意思，我不是本地人。"

他将脸转向她，她不说话也不看他，估计见怪不怪，或许凡是和利益不沾边的事情，她都不在乎。

"顺着这条路应该可以去市内，我刚才就从这边来。"我朝小伙子喊，指了指右边笔直的国道。

他却戴上帽子骑上单车朝相反方向走远了。

"车来了。"女人很兴奋，忙去招手拦下一辆旧黄色中型小巴。我寻了最后面靠窗户的座位坐下。

她却紧接着也上了车，踉踉跄跄走到了我旁边坐下，朝我笑，露出满嘴泛黄的牙。

我把头扭过去。她见我有点冷漠也识趣，只目不转睛地盯着前面弯弯曲曲的路。

路两边的山很高，颜色很深，连绵不绝的山下面是澄碧的河流，河流旁零星散落着一座座房子，连接山川和道路的是大片的田，清新的空气一浪一浪，让人轻飘飘。

"还有多远到码头？"我问司机。

"不远，就快到了。"她说。我依旧背对着她。一路上她不停将脑袋伸出车窗，和路边的当地人说笑。

车行驶了大半个钟头后在一处宽敞的埠头前停下来，她随我一同下了车。

我不理她，快步朝码头奔去。她跟在我后面跑。

"去阳朔多少钱？"我问一个正在竹排上打瞌睡的中年汉子。汉子瞅了一眼，没说话，继续睡觉。

我朝另一艘船走去。老妇女拉住我。"坐我的走吧，就停在上面码头，又新又安全。"她边说边朝江上游指。

"多少钱？就我一个人。"我没好气地问。

"一百八。"

"贵了，别人只要八十块。"

"那没有。不信的话去售票窗口买，统一价两百二十块，一百八十块算便宜的了。"她说。

我不再理她，继续沿着江边走。可每到一处，船夫们都冰冷地回绝拒载，我头一次觉得彻骨的寒，这就像她说的，谁跟她抢她就跟谁急。

"别跟着我！"

"看天色也不早了，再不坐就没有船了，价钱嘛可以商量。"她看上去很有耐心。

我执拗地蹲在江边不说话，她也不恼怒，斜挎着个小钱包蹲在我旁边，像是在蹲守猎物。这时候过来几个时尚的年轻人。

"也是去阳朔吧，要不拼个船，便宜。"其中一个中等个子的姑娘说。

"可以。"我站起来准备走。

"拼什么船，别跟我抢生意！"妇女从后面猛地蹿到面前拽住了我的胳膊。

"放开！不要拉我！"

中等个子姑娘不服气，上前和她吵。"码头是公家的，想坐哪条坐哪条，管得着吗？！"

"滚！滚！"妇女推她们走。

"老子不坐了！"我扭头就走，妇女撵了上来。

"价钱可以商量。多少钱，给个落实价！"

"滚！"

江面的波光逐渐暗淡下来，天就要黑了。马达声清脆，浪一股一股地宣泄着，柔冷的风让我陷入了短暂的孤苦里。

"八十块。只出八十块，不拉我立马坐车回去。"我说。

"末班车刚都走了，怎么回去？坐大轮船都要二百多，一百二十块最低了。"她对我的处境拿捏得很准。"少了这个价钱都没船坐。船要走两三个小时，油价又在猛烈上涨，撇开油钱、管理费、维护费，也只剩下七七八八了，赚不到什么钱。"她向我描述困境。

"这样吧，折个中，一百元，不管上不上当都认了。"

她迟疑了一会儿，答应了。

不一会儿，一个老头驶来一艘竹排。

……

车马上就要开了。我将手里的名片扔进垃圾箱后头也不回地走了。

天就快黑了，大巴车在国道上奔驰着，除了司机很多人都安静地睡着，车厢里没有人能够抵挡瞌睡的侵袭。这样的环境，人除了胡思乱想也不能做些什么，窗外偶尔掠过几抹闪烁的光，有些撑伞的人在寂寞地行走着，像海洋里的鱼。

"在看什么？"

"看雨。"我侧过头，一个老头正聚精会神地望着我。

我清醒过来。

"广西这边多阴雨天气，经常会下雨。"

"雨是好东西，润物细无声。"我说。

"容易让人陷入无端的愁绪里。"他像一位诗人。

我问他是不是来旅游？"儿子在这边做生意，一年到头回不了几次家，这不，他刚结婚，我过来看看。"老人一脸幸福。

"老先生家是哪里的？"

"柳州。"

"那还有点距离。不过现在交通发达，来去也方便。"我说，"总算可以好好地享享儿孙的福了。"

老人微笑不作声，反问我是不是心里藏着事。

我说没有。

"我会是个好的倾听者。"

"只是有点苦恼。我想寻找一种理想化的生活状态和精神状态，但和我想象的有差距却又找不出来，时常陷入烦闷的情绪里出不来。"

"这是普通人常遭遇的生活困境和精神困惑。"他又说，"这和有些人追寻的深层次美有点类似。曾经有人问一个画家每天到底在画些什么，为什么看不懂？"

"画家怎么说？"

"画家反问那个人听过鸟叫吗？那人说听过。又问好听吗？那人回答说好听。又问听得懂吗？那人说听不懂。"

老人问我听懂了没？

"理想的生活状态分为多层次，每个层次有每个层次的特点，且单独的运行并不会影响整体状态，是这个意思吗？"

"不懂美的存在的时候，美已经存在了。寻觅不到理想的生活状态和精神状态的时候，它们已经存在了。困惑往往纠结在它为什么会存在而不是承认它已经存在！"

　　"我还是不太懂。"老先生像一位智者。

　　"会明白的。"

　　老先生问我去哪里？

　　"极寒之地。"

　　"去做什么？"

　　"不知道。内心被驱使着，有无形的力量。"我说。老人可能觉得我有点犯神经，笑笑后就不再说话。我目送他在一处路口下了车，消失在雨雾朦胧的暮色里。

　　机场很偏，时间还早，便朝候机厅一处书吧走去。书吧不大却很精致，摆满了畅销或非畅销类书籍杂志，电视机里正播放着大师讲解"管理学"与"成功学"，聚焦了不少人的目光。还有不少盲盒。我随手翻开一本书，看到了一个新鲜的词汇——"中年奴"，指的是一个群体，经历过房奴、车奴、卡奴等阶段后，眼看着孩子长大成人，工作家庭和谐美满，坐卧间便会不由自主地春风得意起来。这实际上是一个人奴气最重的时候，外在的奴性消失了，心灵的奴性百炼成器，所以被称为"中年奴"。

　　恍然间，我就是一个奴隶，人生角色交叉转换的束缚，理想生活状态和精神状态下的压迫与感染，都让人喘不过气来。

　　我脸通红。

　　"怎么了，先生？"年轻的售书员问我。

　　"没事，只是有点……伤感。"我记不得这是哪部电影里的台词，却正好符合我此刻的心情。

抵达机场的时候，夜已很深了。透过舷窗，一片朦胧。

机场出口处下了车，喧嚣和聒噪顿时像气浪一样扑来，浓烈的亚热带气候让我有点不习惯。我拿着衣服站在曲折的出租车候车道上。

"去哪里？"

"想就近找个地方住。"我对出租车司机说。

"什么价位？"

"中等价位吧，要干净舒适。"

"上车吧。"他说他知道一个地方，朋友开的，物美价廉。

物美不一定价廉，明知道有回扣，但我还是拉开车门坐了上去。走了几分钟，见他把刚打起的表压了下去，我问他是不是应该打表？

"过了晚上十点一般都不打表。"他习以为常。

"黑车？"我问他。

"至少公司正规运营。"他说，"就算是黑车，也是合法的黑车。"

"怎么算钱？"我有点顾虑。

"五十块。"他说。

"有点贵。"

"专车、私家车还要贵些，少了一百块都懒得走。"他一点都不怕我跳车。

"还是有点贵。"我说我要下车。

他沉默了一会儿。"四十，不能再少了。"他疲惫地瞅着我。

"四十就四十。"

车亮着两盏昏黄的灯行驶了好一会儿我才见到繁华的街市，又走了一段路，他才把车停在一家酒店门口。

"到了，就是这家。经济实惠，适合出差的人。"司机朝我喏喏嘴。

我付钱后朝酒店大厅走去。

司机倒是热情，领着我到酒店前台办好了入住登记后才走，他说和酒店的人熟悉，可以再讲些价格。我谢过他之后便进了电梯，他站在大厅的沙发旁朝我笑。

进入房间后，我将所有门窗和隐藏角落挨个儿检查了一遍，又反复试了门的开关，拉上窗帘。灯都开着，床单看起来很干净，我想着这个房间以前住过的人，是不是也会关上门窗赤裸裸地在房间里走来走去，叼着烟，面露疲惫，悠闲地喝茶，打开浴室水龙头……我无法沉静下来。

戊

相逢不如偶遇。你满脑子里都是这句话，你不知道它有什么意义，或者没有意义。

天被一层厚重的阴霾罩着。宽阔的岔路口，出现几道模糊的人影，你快步跟了上去。

"请问县城怎么走？"你小跑追上一个中年猎人，猎人黑长的枪筒上拴挂着十来只羽毛鲜艳的猎物。

男人不说话，只是一个劲走。

"今天收获很多嘛！？"你借机攀谈。

"还可以。"男人总算开口说话了，你悬着的心稍稍放松下来。

"是去县城吗？"

"嗯，把山货拿到县城上去卖，顺便住一夜。"男人说。

男人只顾赶路，你不再问话，紧紧跟在他身后，枪筒上斑斓的羽毛在风里作响。

"找到地方住没有？"男人冷不丁扭过头来问你。

"还没有。"

男人思索了片刻后说如果不介意可以跟他一起去朋友家。

"也行，感谢。"你除了微薄的谢意外丝毫不能做什么。

"朋友家远吗？"

"不远，就在县城街边上。"

"那还行。"

"这会儿赶巧，县城里这几天大规模祭祀，可以看看，挺热闹的。"

"祭祀活动？"你问。

"祭祀逐渐消失的城市，近几年才兴起，城市走向边缘和消亡，意在提醒人记住城市的兴亡史和悲欢离合。"

"头一次听说。"你也隐约记得意大利的威尼斯举办过祭奠城市的"水上葬礼"。

"可以去看看，顺便了解了解本地的风俗。"男人仍然很严肃。

"有空一定去看。"你带着敷衍，并不感兴趣。

县城里的街道上亮着许多光。

男人和城门口的人寒暄后便径直走进城内一间灯火昏黄的屋子。

"来啦？！快洗洗，饭做好了。"一个中年女人利索地倒了半盆热水。

"半路上遇到的朋友，天太晚没地方落脚，顺路一同来了。"男人试图打消女人的顾虑。

女人倒也热情，忙招呼着你坐下来擦手洗脸。你受宠若惊。

"你做啥子买卖？怎么到这里来了？"女人面带微笑地望着你，仿佛对你从事的职业并不感兴趣，只是随便问问。

"以前当医生，现在没工作，四处混。"

"看你也是讲究人，怎么会四处混日子呢？！"女人不相信。你不知道怎么解释，你找不到一句可以让人信赖的话。

"饭熟了？"男人明知故问。

"早熟了，怕是冷了。"女人说她再去热热，起身进了屋。

"路不好走，耽搁了会儿，不然早到了。"男人边擦脸边解释。女人并不在乎这些解释。

"女人是你相好？"你猜测。

"算是熟人，每次来都住在这儿，一回生二回熟。挺善良实诚的一个女人。丈夫前些年跟人跑了，她孤身一人生活。"

"跟别的女人跑了？她丈夫做啥的？"

"皮货生意，贩卖各种动物皮毛。"男人又补充说。

"为什么会跟别人跑？"

"据说是因为女人生不出孩子。"男人埋下头来。女人在里面热饭，有柴火燃烧时发出的响声，你料定说这话的时候女人应该听不到。

"也够惨的。"

"治得好吗？"

"要治得好早治好了，先天性的。"男人说。

"你和女人怎么认识的？"

他说是通过女人的丈夫认识的，以前，每次猎取的动物皮毛都会卖给她丈夫，吃住也都在这里。"现在，她一个人过，生活艰难，很多时候都会顺便留些山货在这里，帮她补贴家用。"

"这事，你自家女人知道不？"

"知道怎么样，不知道又怎么样？"

"到底知道还是不知道？"你急切想知道答案。

"不知道。"男人声音仍旧很沉。

"哦。"

女人从伙房里走出来，唤吃饭。女人满脸柔情，丝毫看不出岁月的痕迹，肤色很白，配上素净的碎花布衣，显得纯洁质朴，浑身散发着一种自然而然的风情和诱惑力。

"嫂子真年轻。"你说这话的时候朝男人看，男人脸上挂着一丝笑。

"人老珠黄了。"女人面带娇羞，你知道她嘴上这么说心里却甜如蜜。

"吃完饭就去铺床，今晚都睡在这里。"

"大哥睡哪里？"你问。

"和你一起。"男人说。

女人只顾着吃饭。你有点窘迫，可你又不能做什么，只能静静地等待着这一切的结束。

"你家女人一点都不知道？"你坐在屋前面的江边问男人。

河流静默，偶尔有从上游飘下来的一盏一盏红色的莲花灯。

"河灯真好看。"男人说。

你问他是指最上面的那盏还是最旁边的那盏？

"火光最旺的那盏！"

"和她一起看过吗？"你边问边扭头朝屋里面看，断定这时候女人应该在洗碗。

"看过。"

"你家女人知道了怎么办？"你很不识趣，在这个初相识的男人面前老捏他的软肋。

"不知道。"

"还爱你家的女人吗？"

"爱。这多年下来，已经是亲人了。"

"那这个女人呢？"

"也是爱，让人心跳得欢，能拾起激情，说不出的感觉。"

"总得取舍一个，生活的本质就是取舍。"

男人沉默了。

"抽烟吗？"你掏出一包早已伤痕累累的香烟，抽出一根递给他。

"不了，客气。"男人说。

你收起香烟，装进口袋里。你不抽烟却仍旧随身带着香烟，出来这么久了，没发出去几根而自己也一根没动过，像是无形之刃，不知道什么时候你就会抽出来惨不留情地将对方杀死，好比你这一连串明里暗里的追问。

"她是个哑巴。"

"谁？"

男人说他家女人是个哑巴。

"先天性的吗？"你带着惊讶。

"后天的，受刺激导致的。说起来还得怪自己，当初如果不带孩子进山打猎，孩子就不会失足滚落悬崖，她也就不会受强烈的刺激。"

……

夜静得可怕，仔细地听，依然可以听到江边酒吧里的迷醉之音，有很多人没睡，醒着，想着各自的心事。你知道躺在你身边的男人肯定也想着事，今夜注定会失眠，你不想再追问他什么问题，你只是过客，非亲非故，他自然不必对你坦诚交代什么，你唯一能够做的便是让他安静自由地躺在那里，不发出一点声音，能听到的都是你愿意听到的。天亮就走，不过问更多与你毫无关联的事。你在心里告诉自己，你虽然是可以治病的中医，却也只能捡些繁复的琐碎，过耳目后丝毫不能改变什么。你翻来覆去终于沉沉地睡去。月光从窗外射进来照在地上，一片白，像是铺了层霜。

次日醒来，女人正在屋里烧饭，男人不知道什么时候已经走了。

"大哥走了？"你问女人。

"走了。"

"早饭没吃就走了？"

"山货得趁早，晚了就没有人来买了。"

"什么时候回来？"

"不知道。"女人在烧火煮饭。

你说你也要走。

"留下来吃早饭吧，吃完再走。"

"不了。"你说打扰了一宿本来就不好意思，哪还能再吃早饭？你道了感谢后转身朝门外走。

清晨的江面，空气好似煮沸了一般。往城里走，城的轮廓越来越深，江两岸是成排成排的民居、酒屋。你想昨夜的嘈杂声就是从这些屋子里传来的。

你沿着江边走。

一阵香甜的米酒味飘来，你陶醉在让人迷迷糊糊的味觉里，像麻药迷醉的病态人，不受思维的控制。

"坐不坐船？免费尝米酒。"船主坐在岸边晒太阳。

"哪有免费的米酒？"

"有。"船主说必须坐他的船去。"既能看美景，又能尝美酒。走不走？"

你有点受诱惑。陌生的人到了陌生的地方，都容易受诱惑。

你说走吧。船主举起长长的竹篙只轻轻一点，船便朝前飞去，你像浮在梦里。感受不到船的载重，江上的舟子，在你眼里都成了虚无。

船夫愉快地和往来的船只上的人拉歌对唱，你没有听懂，歌曲的调调和韵律倒是挺不错，朗朗上口。你伸出手拨弄着船边海带般柔软的水草。

"水底的草可以吃吗？"

"用来喂猪。"船主不看你，仍旧划着船。你看到有很多船停在前方码头上，有人进进出出，可能就是酒坊。

船靠岸，你随人流进了酒气弥漫的屋子。屋子很大，摆放着好几个高大的酒坛子，标签标明了酒的种类，高粱酒、米酒、猕猴桃酒、黄酒……

"大家尽情品尝，味道好可以带点回去给朋友尝尝。"有人举着扩音器大声播音，有些人掏了腰包，有些人正在掏腰包，还有一些人准备掏腰包。

"买点回去？"

"尝尝再说，味道好的话可以考虑。"

"要几斤？"

"先尝尝再说。"你舀了一小勺猕猴桃酒喝了，味道还不错。你知道猕猴桃是这边的特产，酒应该也不会差到哪里去。味道不错，价格也到位，可就是不想买。

你又喝了几勺后便从侧边上了堤岸，隐入一条极容易被人忽视的小巷子。

河风吹得人心里发软。江边坐落着众多古旧的吊脚楼，风雨飘摇，倒影斑驳。

路边有很多贩卖水货的商家店铺，盆里插满了氧气管，鲫鱼、鲢鱼，很鲜活……男人招呼你进屋坐，又给你泡了一杯热茶。阳光斜着从半空中照下来。你坐在堂屋门口，想和这个看起来面相和善的男人聊天。

巳

我洗完澡侧身躺在靠窗户的床上再也不想动。房间里逐渐安静下来，像是结束了一场纷争。恍惚门口有人，却怎么也清醒不过来，好不容易挣扎着爬起来赤脚走到房门边。门缝底下被人塞进来一张卡片，继续扑倒在床上，却怎么也睡不着，只觉得浑身疼痛，怕是这几天路走得太多，受了伤。床旁边的房间服务手册上写着：入住本酒店免费送半个钟头按摩，有需要请按6键拨打内线。

我没有多想便拿起电话："请问是不是送半小时免费的按摩服务？"我不肯定。

"是的。做一个钟头，送半个钟头，一个钟头三八八元。"电话那头传来清甜的女人口音。

"不是说免费送半个钟头？"

"要先做一个钟头才能送。"前台让我稍等片刻，技师马上就上房。

我放下电话穿上裤子，外面又套了件薄衬衣。一盏茶的工夫，便有人按门铃。我小心翼翼地打开了门。女技师很年轻，轻佻妖艳，细看还有些姿色，手里提着一个箱子。我礼节性地把她请了进来。

"先坐，我把门关上。"

女人有些紧张。

"新来的？"

"今天帮一个姐妹顶班，刚来不久。"

……

"大哥做什么的？"她带着淡淡的感伤。

"作家。"

"作家？"她哈哈大笑起来。"这年头爱好文学的人越来越少，热爱女性的人倒是越来越多。"

"作家是崇高的职业，任何用心灵创作的人和作品都应该受到尊敬。"

我让她讲讲她的经历，按时付费，但必须真实。

"真的假的？"

"说话算数，一分不少。"

她吞云吐雾的过程中呛了好几次，看得出烟龄并不长。

"大哥是想打着幌子体验一次生活？"

"想让生活体验一次我。"

"没有听懂。"她说。"要不要来支？"

"谢谢，我不习惯被烟雾蛊惑。"我带着戏谑的口吻。

她于是把烟齐头掐灭，裹上刚脱下的外套，盘着腿挨坐在我旁边。

她说这不是她想要的生活。

房间里的空气像是抽空了似的，一丝响声也没有。好似深秋，散发着淡香的桂花在风中飘落，一阵一阵，融化在大地柔嫩的肌肤表层，让人摸不透却又若隐若现。

"外面的女人，她们为了钱，而我不全是。"她像是一张纯净的纸。

"那为什么？"

"生活玩弄了我。"她说，"所以我想玩弄生活一回。"

我说，"继续说下去，我想听。"

"都是因为我的姐姐。父亲早年中风偏瘫，母亲操持所有家务，姐姐高中毕业后就跟着村里人到城市里打工，赚钱补贴家用和供我上学，再后来，父亲病重，家庭彻底陷入了困境，姐姐也随即没了音信。"

"然后呢？"

"直到一天，姐姐和一个中年男人回来了，距离父亲过世已半年。"

……

"打算去哪儿？"

"哪儿都行，就是不想再待这里。"

我发赌咒说她根本忘不了，她不相信。我说一路上我遇到过各种人，无不以为逃离就能摆脱，却不知道生活处处造着假象设着圈套，这一秒，下一秒，挣脱不了。

她还是不相信我。

我问是不是在哪里见过她？

她说她和我素不相识，今天是初次见面。

我说可能是我记错了，或者我所遇到的下一个女人都是上一个女人的投影。

距离天亮还有三个半小时。

"要继续讲下去吗？"

她忍不住又燃了一根烟。这次我没有打断她，也没有表现出厌恶，只是躺在一边静静地听着。这么久还不说话，想必是在酝酿感情。

人都是不长记性的动物。"以后打算怎么过？"

"先离开这个地方再说。"

"要喝茶吗？"

"白开水就行。"

"真怪，喜欢喝白开水。"

她说她只是渴盼纯净无杂质的生活。

我递给她一杯温白开，她接过后喝了好几大口，看来确实是渴了，这才是真正的需要。我也抿了一口茶，将窗帘稍稍拉了点缝隙，天边一道微弱的红光悄悄弥漫着。

天就快要亮了。

她仍旧没有倦怠感，该说的都已经说完，剩下的怕也只是一肚子的轻松和愉悦了。但我也知道她肯定不是这样想的。一块石头再怎么悄无声息地落地也会溅起肉眼看不见的尘埃。

"真打算离开这里？"

"人脱离不了环境和回忆，过去是这样，未来仍不会变，我受不了了。"

"像是附加的窒息感？"

"有些类似，不过终究不一样，躯体没有消亡，灵魂还能够清晰触碰到光线的温暖和柔和的质感。"

"自在飞花轻似梦，无边丝雨细如愁，是这样吗？"

"浅显的感知。"她带着难以捉摸的语气。

"还会再见面吗？"我不知道为啥对她产生了眷恋。

"有缘自会相见，话是这么说的吗？"

我知道女人下定决心走，九头牛也拉不回来。在这即将各奔东西的时刻里，说什么、做什么都是徒劳。

"还在听吗？"她放下手中微微卷角的杂志，扭过头来问我。

"听着呢。"我不好意思说我借着空当打了会盹儿。

己

你谢过他后朝江边走去。

下到江边时，有人拉你坐船，你不正眼理睬，你的习惯性礼貌已经被他们耗尽。看透一些事真是可怕，你害怕心脏哪一天会停止跳动，思维停止运转，原地打转。你更怕作为一名医生距离自己的性灵渐行渐远，目睹思维的纹路在熟悉的世界里灰飞烟灭。

你准备找个地方吃饭。江边是清一色的古街，飘着腊肉的味道，路人行色匆忙。街道的两边，除了餐馆还有照相馆、客栈、酒吧和服装店。

你走进一家特色饭馆，点了两菜一汤，吃得很饱，人却寂寥，有漂泊感。

吃完饭，你从幽深曲折的巷子往里走。姑娘们披着西兰卡普，有敲击着精致小鼓的土家族男人围着织布的姑娘转。角落里窜出来几只黑猫，没有叫声，只轻轻地翻过墙头。肉铺里飘出陈腐的岁月和悠长的隐喻。

你走在狭长的巷子里，忘记了时间，这个地方没有人认识你，可以无所顾忌地哭笑，大声喧哗，绝对自由。你知道，你最需要的便是慢下来，静下来，像缓缓翻过墙去的黑色的猫。你又知道你根本不可能会是一只猫，猫的习性和你迥异。猫的眼睛灵气，而你却早已经被生计磨光了色彩，露出赤裸的白。

你渴望由衷的愉悦，尽管转瞬即逝，丝毫不能捕捉到皮毛。

穿过巷子是商贩林立的市场，山味野货、民族服饰、小吃点心、萝卜白菜等，在这里尽情地舒展。前方路口围着一圈人，几个民警正和人拉扯，你走近了看，才发现是昨夜和你进城的男人。

"这就是证据。"三个民警把男人往警车上拽，旁边还有两个人，一人瘦高个子，短头发，拿着相机；另一人矮胖个子，年纪不大，戴着眼镜，看起来很斯文。

"这是从别人手里买的，真没有私自捕杀。"男人有点窘迫，很害怕。瘦高个子男人正对着地上花花绿绿的猎物拍照。

"上车，有话回所里说，早就有群众举报说有人贩卖国家保护动物，这两位专家远道而来，今天算是抓了个现行。"民警不住呵责。

"不知道这些鸟儿是国家保护动物，下次不敢了。"男人死活不上车。

"大家知道这只长有花色尾巴的野鸡吗？叫长尾雉，是国家二级保护动物！私自捕杀贩卖都违法。"戴眼镜的男人站在旁边解释。

"真不是捕杀的，从别人那里买的。"男人拼命辩解。

"这也是犯罪，不光要罚款还要负连带责任。"旁边一个民警说。

你发现眼前的这个昨天还在和你推心置腹的汉子说起谎来竟然也毫不羞耻。他扛着长猎枪从山里回来，碰见你的时候正挑着眼前的这些猎物，可能比这些还要多。你觉得眼前这个人真是罪有应得，可他的生活、城中女人的生计可要大打折扣了，你不由得担忧。

他还是被民警带走了。你和他也只是半面之缘，连朋友都不算，也只是个照面或是说好听点，曾有过一夜长谈，那次交谈让你和他的距离潜移默化地缩短，像一层雾。

鸟的金褐色的羽毛在你的眼前闪闪烁烁，一股清冽的泉从深山淌出，滴滴咚咚响个不停，挂在月色下的树梢，浸着夜露，一颗一粒，一缕一缕。真想象不出这是种多么复杂而难以表达的直觉，想去说点什么，尽管没有用。可你已经没了机会，像一阵不期而遇的风，你产生厌恶的时候它的的确确存在，你产生欢喜的时候，它却已不辞而别。

瘦高个子和矮胖个子没有随警车一起走，顺着小路拐进悠长的胡同，进了一间古朴的茶楼。

你跟着感觉走，想发生点什么就一定能够发生点什么。这是你唯一能够确定的想法，尽管钱包里所剩无几。你走到茶楼前台，替角落里的两个男人买了单，在两人惊诧而略带谢意的目光里走到桌子前坐下来。

"认识吗？"瘦高个子男人问你，矮胖个子也露出疑惑。

"想交个朋友。"你说你对禽兽感兴趣，不论是研究物还是被研究物，也都有很浓郁的兴趣。

这兴趣像是从病人皮肤上掠过的无数道拐弯的寒光，倏地一下子蹿到了空无一人的人行道，躲闪不及。

巷子围墙边的一棵古树上零星地挂着一些色彩不是很鲜艳的花，叫不出名字却又真实存在，淡淡的颜色蔓延来蔓延去，像是春愁。花香也像长了翅膀的精灵，钻进人的呼吸道和嗅觉器官，融进血乳交融的黏稠里。你在雨天蹚一条泥泞路，迈不开步子却又积重难返，思绪让你抽不出身来，你能觉察到彻明彻暗的冷，一个人在重复着一个人的世界。

你使劲让自己走出来。

"这样啊。"矮胖个子语气稍有些平缓，目光柔和。

"你是说你对动物研究这行感兴趣？"瘦高个子悠闲地喝着茶。

你从最开始就试图给面前这两个人定性，除了潜意识里的男女性别以外，只能依靠高矮胖瘦来判定你所遭遇的世界，可是如何分辨呢？是光和热？是明亮的色彩还是黑暗的空洞？是冰冷还是灼疼的燥热？很多时候，言语过于苍白。

"是的。"你说你对动物研究感兴趣。

"你是做什么的？"瘦高个子给你倒了一杯茶。

"医生。"你带着不自信，他们问了你职业却丝毫没有表现出太大的兴趣，对于你的职业技术和素养等方面也没有怀疑。

"就不问问是兽医还是人医？"

"当然是给人看病，这年头兽医差不多绝迹了，顶多算作业余。"瘦高个子说。"再说，人是高级动物，自然也属于禽兽的一种。"

这话真有意思。

"吃过饭没？没吃的话就坐下来一起吃。"矮胖男人诚心邀请。

"刚吃不久，还不饿。"你又给自己倒了一杯热茶，你觉得茶水能够挑逗神经。

他们就不再客气，夹菜装饭狼吞虎咽，你不再盯着他们，每个人的内心里都藏匿着无法抵御的小情绪。

"让你破费了。"他们语带感激。

"眼下无地儿可去，能不能捎带上一程，跟着学习学习，去哪里都无所谓。"你恳求。

矮胖个子顿了顿，没有说话。

"这行业和你看到的不一样。"瘦高个子言不由衷。

你说你不介意。

他们不说话，你明白你可以跟着他们。你从另外一个方面也意识到面前这两个男人并非油腔滑调的奸佞之人，无非不想欠人情而已。

"准备去哪里？"你跟在后面。

"先离开这里再说。"瘦高个子说。

"准备去一趟六盘水，昨天接到指示说那边有采访调查。"矮胖个子补充道。

"难道动物专家不是专门研究动物？还附带其他采访任务？"

"这年头哪还有单纯的职业，凡是职业总得带点功利性，埋头在故纸堆里的老学究们不晓得顺应时代的大潮流，越来越埋汰，这是趋势。"矮胖个子说。

"也并非与职业毫无关联。毕竟研究只有走出去才能够有实际收获，现在的人啊，越来越不重视经历，都想从古老的书籍里找，无法做到和时代匹配同步。"

"职业有点错位。"你说。

"都习惯了，角色交叉，多份薪水，划得来。"

你不知道说些什么。很多东西只要和物欲化的东西接轨，就会变得不再高尚尊崇，也许不在这一刻，但会在下一刻。

"什么时候走？"

"现在就走，应该能够赶上最后一班大巴。"

"直达？"

"要转一次车，最快也得明天中午到。"

"上车就睡，睡醒了差不多就快到了。"

你跟在他们后面走。

　　云像是水底的荇草，晃晃荡荡地浮着，依稀有泉水的鸣咽，数不清的鱼游来游去，鳞片闪着光。从最开始的乏味到后来的讨厌，再到歇斯底里的憎恶，一切像是桎梏，徘徊不前。

　　你近来有点上火，一到后半夜就口渴难耐，枕头边放了一瓶水，渴了就猛喝几口，你很享受来自躯体的真实的需要。可什么才是多余的呢？瓜皮纸屑？夏天的棉衣冬天的短袖？虚假的可以一笔抹去的一连串谎言？非可行性报告？还是眼中针肉中刺？你知道，这些都无法有清晰准确的阐释和标准化解答。如同原本你打算省下最后一点钱，可是你反正没有钱了，倒不如一次性痛快花完，像是麻醉后的一刀切，不痛不痒。你当然会悔恨交加，会变得狂暴，温柔和慈悲会一反常态地离你远去。你老觉得你面前放着一面偌大的镜子，一举一动，一悲一喜，哪怕是落下一根白发也清晰可见。

　　一个衣着朴素的中年女人拉住你问你去哪儿？你说哪里也不去并且狠狠地盯了她一眼，你有意识地和她拉开距离。女人扭头走开了，这样的场面于她而言早已司空见惯，一天也许要碰到上百起，但只要碰对了一起，一天的时间就没有白费，生活也就有了意义。很多人用1%的力道支撑着生活最沉重的99%，因为他们倾尽全力也只有1%，或许连1%也不到。

　　检票时间就要到了，前面仍旧黑压压一片，你有点忐忑。这时候，女人又走了过来，纯粹是碰巧，又或是她看出了你内心止不住的焦躁。

　　"要代买车票吗？不贵，五块钱一张。"她满脸真诚。

"快不快？"你说你赶时间，就剩下十分钟了。

"很快，把身份证拿来。"你和他们短暂商量后，把三张身份证交到了妇女手中，你紧紧跟在妇女身后朝最前方的窗口挤过去，中年女人全然不在乎周围人鄙夷的眼光和身后的抱怨与咒骂，插队到最前方的窗口。

"三张票，去贵阳。"妇女像是和售票员很熟。

票很快出来了，中年女人拿起票一脸轻松地递给你并索要辛苦费。

你说你买完票就剩下十元钱，不信的话可以搜身。

她说你言而无信，说好的三张票共十五块，怎么最后变成了十块？！

你说你身上就这些钱，再也没有多的了，不好意思。

中年妇女咬了咬嘴唇，扯下你手中攥着的十元钱，心情极不愉快地走了。这真是无本取利。可是凭一些人的性格，定不会去做被别人嘴上耻笑内心咒骂的事。人们都喜欢按部就班地遵守着约定俗成的规矩，对打破规矩的人表现出极大的愤懑和不满，以凸显自己是正直且善良的高尚的人，其实自打原则被破坏的那一刻起，所有人都在觊觎抢夺着各自的利益，却又不想走上台面。

矮胖个子向你搭话时，你并没有表现出热烈的回应。他无非是想了解你的过去以及下一步打算，还有你的婚姻、家庭、事业、子女乃至心路历程，有些东西适合摆到台面上，而另外一些东西却必须藏在心底最深的角落，哪怕蒙尘纳垢。

"你看起来有点累。"瘦高个子说。

"可能这几天没休息好。"

"快要发车了，上去后你就可以躺下来好好休息，保准明天起来后精神会好很多。"他没有丝毫困倦，你不得不相信经常在外面奔波的人对于常规性疲劳都有特别强的免疫力。

你自始至终没有问他们的名字，对于名字这类浅白的称谓并不感兴趣，或是沉淀得太过于深沉，打心底里不想知道，何况他们也丝毫没有想向你介绍的欲望。

"还有几分钟，真累了靠椅子上眯一会儿，走时叫你。"矮胖个子略带安慰。

你闭上眼睛，进入短暂的休憩。

原野上有柔和的风刮过来，林木如城堡塔尖般在风里涤荡，像是精灵在奔跑，一只两只，一群两群，淌成太阳的颜色，每一片云和每一棵颠倒的树都沾染在一起，深入骨髓。你就这样一个人孤独地站在绿色的塔尖上，望着绿风和红云从眼前飘过，睁不开眼睛，不见色彩，你知道凡是你能够感受到的东西多数都不会欺骗你。你就在这碧绿的伞盖上小心地走着，一只大手突然伸出来抓住你的肩膀，你惊慌失措，一下子跌落到了暗无天日的林木深处。

"上车了。"瘦高个子喊你，你站起身，伸了个懒腰，朝铁栏杆后面的大巴车走去。

夜色张开黑色的大嘴巴贪婪地吮吸着无边无涯的愁绪，你走在山路上，月光柔柔地照着万物，露水滴答，很轻很静。

天下起雨来。

就像走在春暖花开的光景里。你在猪狗牛羊的眼睛里看见了朴素者的人生倒影，在山间鸟兽的婉转嘤鸣中嗅到了野性的呼唤，从机车的倒影里找到了荣辱悲欢的生活。你横着身子走，速度之快让人咂舌，你累了才躺下来恢复元气，但也有人告诉你睡久了反而越加身心疲惫。你没有像其他人一样打退堂鼓懦弱地往后躲避逃闪。只是浅浅淡淡的笑，就足以让你的内心强大，没有什么会比恐惧更加让人恐惧，也没有什么会比善良更加趋近善良。尽管身子一刻不停地向前移动，感觉不到太大的动作，可这就在发生，就发生在你的身上，没有多少话可以说也没有什么事情可以做，除了直坦坦地在这个逼仄狭小的空间里躺着。你潜意识里有人说话，很轻但很清晰。

错车时，强烈的光从斜边的玻璃外穿透进来，车厢内亮晃晃，像是水波一圈圈散去，无影无踪。车速比想象中要快，你受了暗处说话声的打扰后再也无法沉睡，你本以为可以躺到第二天清早。你摸黑坐起身，车厢里有几点微乎其微的光，没有人察觉到你已经悄然醒过来了，也不会有人想去觉察外界的异样，劳累的人都只在乎自己的睡眠。你的心醒着，一根一根的神经仍旧紧绷着，随时都会裂开。

你总感觉车后边有两个人在一刻不停地小声说话，你烦躁极了，扭转头去看，又安静极了。你近来有点神经敏感，当然你不能断定每一根神经每一个细胞都完好无缺，总有你始料不及考虑不周的事，残缺不全或许更能让你记忆深刻。刮雨器声嘶力竭，像残破的老木桨，没有时间和空间的限制，也没有预兆，只等着降临和无尽的抵达。大巴车有三个司机，一个看上去四十出头的司机正全神贯注地驾驶，稳健而灵活；旁边小楼梯踏板边坐着一个三十多岁的青年人，从脸部的轮廓看很早熟；没有看到第三个司机，想必已呼呼睡去。你想分散一下注意力，却越发精神。你老觉得失眠和犯病应该联系在一起，从身体到灵魂都健健康康，从不觉得有何不适。你距离病态人群还很远，即使犯病也不该是这个时候。你想到了你的一次会诊，是给当地一位地位挺高的人的儿子看病，经诊断为多重癫痫病引发的神经混乱。那天，主人家的儿子走到你的跟前，呵呵笑个不停。你不管他，继续开药方，你知道他被关在这个屋子里，哪里也不能去，什么朋友也没有，他的父母曾为他的肆意作为伤透了心，说他总是在关键时刻无法自控，容易做出过激行为。你笑笑，继续开药单，他突然指出，"综合征"应该改为"综合症"。你现在想起来仍旧觉得他可爱极了。尽管后来他的顽疾并没有被治好，甚至严重到不得不被送进精神病院。很多人看到的只是表面，看到的不一定是真相。

　　"能小声点吗？"旁边有人小声提醒，可你本来就没有说话，难道是心里的想法泄密了？

　　"怎么还不睡？"

　　"睡不着，和你一样，昏昏地睡着还不如醒着。"

　　"你是说你在寻找催眠？"

　　"可以这么说，被催眠的人会瞬间失去意识，却老觉得自己的意识没有被外界掠夺。"

"你可能把一些东西抓得太牢。"

"也可能是外界施加的诱惑不够，内心有解不开的死结。"

"世人都喜欢掩饰自己。"

"不知道为什么最近老喜欢重复做一件事？"

"重复做一件事？"

你不认为自己愚蠢，遇到难关总能编出各种令人信服的谎言，接二连三，三番四次，次次都能让人口服心服，你怕失去最初讲真话的那份性情。

"说谎话也有惯性？"

"人的性格大部分存在缺陷，表现为急躁、斤斤计较、缺乏清醒的反思。"

"不明白。"

"打个比方，你想乘坐正在乘坐的这辆大巴，可以在车站买全票上去，也可以在站门口找黄牛低价购票，还可以在半路托人免票上车，也许还能坐上最好的座位，不能上的地方你能上，不能下的地方你能下，你有不按照规则办事的特权。这种特权说白了便是人情和欲望的交叉体。"

你说你现在特别喜欢说谎话，张口即来。

你说是吗？原来你也是个懦弱的人。

你说你不是。

你又说你不是什么？

"懦弱者。"

"你要去哪里？"

你说你像是荒山野岭迷途的羔羊，四周有风在呼啸。

午

我忘记了呼喊，忘记了挣扎，忘记了自己。这到底什么逻辑？街道上，灰扑扑的颜色从脚底伸向天空，有鲜花在滴水，一个乞丐正挨家挨户乞讨，这里的门楼出奇相似，雕花的门楣，曲折的围墙，围墙上爬满青藤。我想走过去问问乞丐，双腿却无法动弹，浇筑了铅石一般。她，面容清癯，肩上背着个大蛇皮袋子，像是载着一座沉重的山，更像一截枯老不再生长的藤，没有枝丫，没有色彩，没有重量。在时时刻刻陷入的低迷的情绪里，人总会反常地想些什么胡乱说些什么。一百块零三毛，倾其所有。她说她先前也是个骨子里单纯的人，后来丈夫病故流落异乡乞讨存身，原本有个女儿，同行不便，在破落家中居住，今天承蒙援助解围，无以为报，愿把女儿许配给我。她边说边拔开步子往回走，我却如何也迈不动脚步。我以为乐观的人都愿意将任何不乐观的事情往好的地方想，悲观的人却总以为整个世界都在与他为敌，眼前这段经典的桥段把人带回美好的光景。我和许多人在这看得到摸得着却如何也醒不来的世界里犹疑不前。

"天亮后打算去哪里?"她问我。

窗外的天有点眉目了。

"还不知道,边走边看,没有目的也就无所谓过程,走到哪里算到哪里。"

她从包里翻出一张名片:"打上面的电话找名片上的人,就说是我的朋友。"

"做什么?"

"参加一个文化节活动,朋友邀请。"她说,"我原本就不太热衷社交,只是以前跟着一群文化人出入惯了。"

我听出了话里的意思。"文化原本并不排斥人性丑恶,高尚的人可以热爱文化,低俗丑陋的人同样可以热爱文化,只是领略与熏陶的差别。"

"是不是有点淡化了文化的积极作用?"

"我更愿意把它看作中性词。"

"好吧,我算是说不过。名片留下了,去不去自己选择。"

"真要走了?"

"嗯。"她斩钉截铁。

"好吧,走的时候请把门带上,谢谢。"

房间里空了,风往里面灌,停留在窗棂边,又倏地蹿到了墙缝里,没有头绪,灰尘在一束束的阳光里呐喊。房间没开灯，在摸索中开始也在摸索中结束。门哐当一声，一颗洁白晶莹的盐粒缓慢沉入水底，短促有力的高跟鞋声在看不见的漩涡里细细融化，一点一滴，一丝一毫。

捡起床底下的袜子套在脚上，准备起床。我就这样把我的疲软的思绪给活生生地拉住了，避免瞎走瞎撞掉入沟里。

菩提山。搁在桌子上的名片上面赫然写着。我无尽的思绪又一次拗在短促有力的高跟鞋的回声里拔不出来。

洗漱完毕下去吃点东西，然后离开这里。指针不紧不慢地走着，我害怕无声地流逝。

餐厅里人不多，很冷清，我瞬间没了胃口，于是回房拿行李。退房接近中午，街上人流如注，远处传来滋滋的伐木声。

地铁附近的通道口有小摊小贩正在兜售地图，刚把地图拿到手便后悔了，一大群黄牛贩子朝我涌来。

我打开钱包说我已身无分文，他们一听都散开了，有几个人还不相信，站在我旁边不走，过了半天眼见面前的我像一尊菩萨立在那里一动不动，也便失去了最后一丝兴趣。

我问一位老先生菩提山怎么走？之前问过好几个年轻人，他们一通瞎指，为此至少走了两公里冤枉路。

"过马路直走一公里，红绿灯往左拐，有去菩提山的大巴。"老人操着瘪嘴粤语。

我谢过他，朝马路对面走去。大不了到前面再多问几个人。

空气中渗着暖气流，情欲缓慢地滋生，树叶连着灰褐色的树干，树干依附庞大遒劲的树身，树身接着沥青路，路上有高温开裂的口子。

　　整整三年时光，我生活在女人给我的人设下，迫切需要和旧生活挥手告别，走向灿烂的高地。也许她对下一个男人同样如此念叨，但是我能够猜到她的声调一定丧失了最初的鲜活，她也有点怀疑自己能否一如既往改变另一个不相干的人。没有谁能够改变谁。我离开居住地以前的三年里，受尽了煎熬，整天蜷缩在邋遢阴暗的家里，濒临死亡。终于，伴随着她的夺门而去，生活恢复了色彩。

　　恋爱时的我，无法预料今后的日子如此单调乏味，我和她都极度兴奋，至少在那一刻。尽管后来闹离婚，她依旧试图引导我回忆热恋的情形：绚烂的婚纱，璀璨的钻戒，乃至穿着什么颜色的鞋子，喝了多少酒，走了多少步子，兜了多少圈子，历历在目。我却置若罔闻，回忆不起来，我说：别再自欺欺人了，感情都已经没了，婚姻还有意义吗？

　　我不喝酒，但醉起来却比经常醉的人更厉害。回想这些的时候我坐在开往菩提山的车上。

　　有人说我喜欢回忆旧事，我却不这么觉得。我所想的无一不是我所正在逃避和即将面对的事。回忆不能代替与回忆有关的人和物，哪怕次要情节。

　　"醒了？"

　　"嗯，昨夜没睡好，梦见白色乌鸦在头顶盘旋，就是赶不走，白色的乌鸦让我想起些什么。"

"想起什么？"

"东京满大街的乌鸦。"我说。"死亡或者与死亡有关的一切及其灰暗的色彩与预兆，但我没有弄清楚到底象征着什么，我在梦中竭尽全力地观察，并备了崭新的笔墨，准备摸黑记下它们纸上扑腾的影子。"

我很久没有去想这件事情了，我害怕记起来，害怕白色弥漫的恐怖颜色！

"有几只飞来飞去，停留在麦场的电线杆上，没有飞走。"

"一直都停留在那里吗？"

"一直在那里，一动不动地盯着我，灵魂出窍。"

"恐怖吗？"

"恐怖。"

"什么颜色？"

"白色，两只都是白色，像雪，要是放在大冬天，肯定得搞混，像透明的眼睛。"

"最后呢？"

"一只飞走了，另一只还留在那里一动不动，要是有枪就好了，保准儿能一枪打进冰窟窿。"

"枪法有那么准？乌鸦是不祥的鸟类，打死容易结下梁子，不害怕？"

"害怕是什么？我从来都不害怕，只浑身凄冷。"

　　我真不是个东西，明知道婚姻最害怕的便是无激情无波澜却仍旧默然看待让理智战胜情感。

　　我好奇地打量着我。

　　我终于可以对自己说我从来没有梦见什么白色的乌鸦，都是人为的虚幻，既然我能够做得到，她为什么没有做到？还是已经做到了？没错，她就是两只乌鸦中的一只——中途飞走的那一只，可剩下的另一只是我还是不是我？

　　路两旁的萌很浓密，像柔软的头发丝，富有弹性，水泥路绵延到看不见的山脚。山的脚下是路，两旁除了景区管理场所外还是山。山很平稳，这得益于宏伟的山前门，仿古式建筑，略微朝着山水雅趣的情境靠拢，是现代人设计的又一大特点。

　　"把自己放里面好好憧憬一下。"我对自己说。

　　"就是把自己塑造成里面的一个角色？花草树木还是一泓清泉？"

　　"假如矗立在面前的是硝烟弥漫的城池，里面有妇女孩童，也有壮丁，我也是其中一个壮丁，是弃械投诚还是负隅顽抗？是屠城还是释放全不由我做主。我唯一能够做到的便是拿起或者放下，也就是站起来或者倒下去。"

　　"要是我会自杀，任何人都没有权利选择死亡的方式，能选择的只有死亡本身。"

　　远处传来鹧鸪声。我不能谈论这么伤感的话题，只想弄清我所辩论的话题，哪怕只有一个肯定的眼神。几只鸟悄然飞到了另一片树林的枝头，像是在笑话我。

我根本就不应该带着身子来。

我应该带着灵魂来。

"什么都不应该带来，只要证明已经来过这个地方踏上这块地面就行了。"这话是我穿过山门后在一条狭路上碰巧听见的。

我想我即使听到了也不会在意。

我发现脑袋上面落了一只粉红色蜻蜓，翅膀很薄，像是一小片被风一吹就散的朱砂膜。

在此之前，我和名片上的人通过电话。原准备去酒店等，想时间还早，便决定孤身去山里转转。那人见劝解不过，便差人早早备了工作牌在山门口等。

"是要上山吗？"门口有人问我。

"是的，来参加文化节，想提前上山转转。"

"以前来过吗？"

"没有，听都没有听过。"

"那可得好好体验感受一番。从这条路往上走，有点远，也可以坐环保车上去。"

"就是绿白相间的那种车？"我指了指停车场。

"是的，新型环保车，污染少。"

"使用清洁能源？"

"挺不错。"我结束了短暂的交谈便开始上山。

他又在身后喊："天黑前有车上来接！"

"行啊！"我大声回应。

　　我走在充满戾气的荒野之中，就在城市边缘。

　　我就像一座山，挨近城市的边缘。

　　我站在一处落差几十米的高地上大声喊叫，我想不带声音漫无目的地笑。此时此刻我想再多读几遍多丽丝·莱辛。是的，我真的想多读几遍多丽丝·莱辛——这位充斥着不幸与欢欣鼓舞的老妇人的作品：

　　"我没有人生观。"玛丽罗斯说。她躺在地上，身上穿着十分漂亮的裤子和衬衫，看上去像个崭新的、柔软的洋娃娃。"不管怎么说，你并没有笑。"她补充说，"我经常听你们说话——（听她说话的口气好像她不是我们当中的一个，而是个旁观者）——我注意到你常常在说令人可怕的事物时才发笑。我并不把它叫作笑。"

　　"当你跟你的兄弟在一起时候，你笑过吗，玛丽罗斯？当你在好望角跟你那位交好运的情人在一起时，你笑过吗？"

　　"笑过。"

　　"为什么笑？"

　　"因为我们很幸福。"玛丽罗斯冷冷地说。

　　"我的天！"保罗惶恐地叫了起来，"这话我就不敢说。杰米，你有没有因为幸福而发笑过。"

　　"我从来没有幸福过。"杰米说。

　　我露出无法比拟的笑容，拐过几道显而易见的弯路便走进了赫然存在的景点。我几乎没有和身旁的鸟兽打声招呼便已默默走开。我需要的明显不是刻意的安静。

　　我就躺在潮湿的屋子里。

　　我在半睡半醒的状态中听见有人敲门，我没有孩子，挚爱的情人也已经离我而去，这个隐藏在闹市中的地方也只有夜晚的老鼠才会来访，我实在猜不透有谁如此赏光。

　　一个年轻的快递员小伙子站在门外。

　　"请签收一下。"

　　"从哪里寄来的？"

　　"不知道，请先签收。"

　　我签收后关上门返回书桌，三下五除二地拆开：是某写作学会寄来的获奖通知，在庆贺我的作品获得一等奖之余问我是否有意出版书籍，24K金纸装裱，质量过硬，并附带国内知名作家亲笔题写的序言，如果有意请于近期联系。

　　我照着上面的地址回了一封信：

　　很荣幸我的作品能够得到大家或者少数专家们的认可，但我也深知我的作品多少带点雅人眼里的低级趣味，我也并非主流大家，所描述的文字即使将来付梓也定会让读者们笑掉大牙，盛情心领，望以后有机会再次合作。

　　恍然几年过去，音讯全无。

庚

"为什么要去？"

你说你迷失在荒野已无路可走，四面都是方向，你无从抉择，走对了也就走对了。

"是这样吗？"

"就这样。"

"身边睡的什么人？"

"一个动物专家，一个摄影师。不，也是记者。"

"多重身份？"

"交叉的角色。"

"你觉得他们的内心趋近爱好还是更趋近利益？"

"可能两者都有，但都不占据主导，而且时常交替变动。"你说你不能给出准确的解释，人活着都不容易，没有必要把一些问题分得太清。

"如果放在二十年前你如何评价这个时代的人？"

"最大的人生考验是寻求抵御内心孤独的良药。"

"如今又该如何评价？"

"最大的人生考验是寻求抵御内心孤独的良药。"

"你肯定你是对的？"

你说你希望你是错的，大错特错。

"看见隧道口黄色醒目的警示牌了没有？听说这里发生了十几场车祸，车毁人亡，惨烈异常。"

"你是说山边的大牌子？上面写着'事故多发地段，此地已经死亡不下三十人，请谨慎驾驶'。"

"是的，就是那个黄色警示牌。"

"视力真好，能看那么远？还能看那么清？"

"刚有一道光射在上面，反射得比较清楚。"

"你总是能够看到别人忽略的东西。"

"可能是第七感。"

"什么是第七感？"你说你闻所未闻。

"所有的直觉告诉你就是那件事物或就是那个人，清晰而又模糊，抽象却又形象，结果证明你的预测十分精准。"

"有确切的规则可以参考吗？"

"还没有人能够准确给出精准的规范。"

"那如何证明？"

"跟着感觉走，就跟蜡像人一样。"

"蜡像有现实的载体，可是感觉没有。"

"这便是最大的难言之隐。"

车窗不知道什么时候铺了层水汽，你在车窗的映像里看到了愈加唐突的脸庞、宽松的鼻梁、粗大的脖子和不太灵光的瞳孔，黄色的皮肤倒是很清晰。你管不了这些，你想改变这种成像，抓住窗边的帘子用力一擦，清晰完美的轮廓便出来了，你微微露出牙齿，在暗夜的光里很亮洁。

"还是继续躺着，身体需要休息，即使人的灵魂醒着。"

"睡吧，路还很长。"

你还是睡不着，仿佛这一段对话不曾发生，更像是痴人说梦，也像是被时光这把无形的大手给一把抹了去。

"师傅，天黑下雨路不好走，能不能开慢点？"你提醒司机。

没人回应你，但是你能够感受到大巴车的速度明显放缓，但愿你的怵然出声没有打扰到任何与睡眠有染的人。

你乖乖躺下来。怀疑自己的提醒是不是有点蠢。

你不想管那么多，反正该说的已经说完，该做的已经做好，该来的始终会来。

车在雨水里穿梭着，你是鱼肚子里的鱼子，也有属于你的呼吸和想象力，走到哪里就跟到哪里。钻进了窄的黑洞，黑夜吞噬你，连同微弱的气息和软而小的刺。

你拼命想象自己下一刻会遭遇什么突发状况，在这种设置的情绪里你如何也逃不出来，尽管天已经快要亮了，在这之前你像是藏匿在看不见的沼泽里。

警示牌提示距离贵阳市已不足五十公里。你略微有点睡意，挣扎了一晚上。你从包里掏出装着安眠药的小瓷瓶，吃了几粒，终于可以安静一会儿了。

窗外呼啸而过的车辆多了起来，有几个人早已起床正有一句没一句地唠嗑，你管不了，眼帘再也支撑不住，沉沉地睡下了。

你获得了身体上的释放，精神和思维仍旧气喘吁吁。你以为逃离了生活的藩篱就是自由人，以前是面对的选择太少，现在是无所适从。这是自由中的不自由。就像有一天忽然遇到一个人，那人对你说：你结婚了还是单身？你说你是单身。又问：你该结束单身吗？男人说：你是自由的，你又不是自由的，单身预示着可能性，比好的婚姻要坏但是比坏的婚姻要好。至于好在哪里坏在哪里，没人告诉你。

你正在被抽丝剥茧。

有个声音问你：什么是幸福的真谛，什么又是悲苦的缘由？

每种生活都有色彩，无论暗淡还是斑斓，都是生活赋予的特性，只有将前行路途上遇到的痛苦当作无可避免，把且听风吟的快乐当作意外所得，生活才会焕发生机。

"这是你说的吗？"

是你说的，可能不是你说的，是一个和你一样走在黑暗与光明交替道路上的人的肺腑之言。

你想一定是这样，不然还能是谁说的？一阵风就能带走，一片乌云就能遮盖，一场大雨就能浸透，一粒火种便能燃起烈焰。

"一定是这样。"你告诉自己。

"有遗憾吗？"

"有。"但现在还不想说。

"什么时候可以说？"

"适当的时候？"

"什么时候适当？"

"适当的时候。"

"都说男人最大的遗憾和女人有着本质的区别，女人总幻想年老色衰时仍旧美丽，男人却期盼年轻时有权有势。"

"你是这类人吗？"

"不好意思。"你说你没有听明白。

"你幻想过权势吗？在你年轻的时候？或是事业如日中天的时候？"

"幻想过。幻想终归是幻想，距离目标还很远。不光是你，很多人都这样。"

"幻想和梦想有什么区别？"

"一到黑夜，人们的幻想就四处膨胀；而梦想总是萌芽在白天。"

"没有听懂。"

"你不需要听懂，就像梦想无法完全实现一样，能实现的都是细微的。"

"目标不是结果。"你又说。

你说你还是没有听明白。

你又说你不用听明白，听个大概就很不错。听得明白总以看不明白作为代价。人都喜欢这样。你扪心自问：什么是幸福生活的标准？你说幸福生活不是对幸福的期盼而是对痛苦的隐忍。

一道灿烂而刺眼的光束透过街道两旁的林木缝隙射在你脸上，你便醒来了。四周看看，大家都醒了，你稍微感到轻松，你羡慕嗜睡如命的人。

"快到了吧？"

"就到了。"矮胖个子接过话，瘦高个子正在收拾散落在床上的行李。你起身穿鞋子准备到车门口。

汽车在进站口停了下来。

"现在去哪里？"

"转一次车才能到六盘水。"瘦高个子说。

"哦。"你不再说话。在你问话的时候，矮胖个子已经奔到前门候车厅排队买票去了。

进站，上了去六盘水的中型大巴车。

"多久到？"

"大约三个小时。"

"坐火车呢？是不是快些？"

"也不快，也需要近三个小时。"

"还是坐汽车吧，不怕再多坐三个小时。"

瘦高个子只打呵呵。

矮胖个子揣着三张汽车票走过来。

"什么时候的？"你走上前问。

"马上就走！"他说。

"那赶紧吧。"

你又问你能不能知道此行的目的？不过当你问这些话的时候，已经在开往六盘水的大巴车上了。你又说你很早就想问了，只是找不到合适的机会。

时间一秒一秒逝去。

你无法彻底平息，总想要说点什么才能平衡一下内心的苦闷，你说不清那是种什么感觉，能够形容出来也就好办了，关键是怎么也无法形容出来，而且它的到来无声无息，像是扯不断的愁，一会来了一会儿又消失，该说些什么呢？

你怀疑你患上了强迫症。总想一刻不停地询问些什么，交谈些什么，没有说话的时候总觉得自己在说话，说话的时候就想要一直这样说下去。

你说你可以就这样说下去，直到口干舌燥磨破嘴皮子。

你想到了你的一个挚友。你的朋友曾试图改变你，就跟你曾经试图以你的生活标准和生活方式去改变另一个人一样，寻求你所认可的生活方式，硬生生地将别人拽进你的世界，不问青红皂白。

你打开包翻出已经卷了角的《湘行散记》，你已经许久不看书了，这本书也只是路过小书摊时对上了眼。

起码这一刻，你百无聊赖。

　　这老友是武陵地域中心春申君墓旁杰云旅馆的主人，常德、周溪、桃源附近近百里路以内吃四方饭的标志娘儿们，他无一不特别的熟悉；许多娘儿们也就特别熟悉他那顶水獭皮帽子。但照他自己说，使他迷路的那点年龄已经过去了，如今一切都已经满不在乎，白脸长眉毛的女孩子再也不能使他心跳，水獭皮帽子已经不需要娘儿们的眼睛发光了。他如今还只有三十五岁。十年前，在这一带地方凡是有他撒野的机会时，他从不放过那点机会。现在既然已经规规矩矩做了一个大旅馆的大老板，童心业已失去，就不再胡闹了。当他二十五岁左右时，大约就有四十左右女人净白的胸脯被他亲近过。你坐在这样一个朋友的身边，想起国内无数中学生，在国文班上很认真地读陶靖节《桃花源记》情形，真觉得十分好笑。同这样一个朋友坐了汽车到桃源去，似乎太幽默了。

　　读到这里，想起你视感情如同儿戏的朋友和戴着水獭皮帽子的汉子有点类似，唯一的不同便是你已经和你的朋友决裂。而带着水獭皮帽子的朋友却在潇湘的河流上生活，没有人会和他决裂。

　　你有点感伤。

　　浑身哆嗦却感觉不到寒意。感情的事情没有人能够说得明白，你没有任何理由指责你的朋友和发生在你朋友身上的事，或许你应该为你朋友考虑一些，多站在他的角度为他着想。

　　"想哭吗？"有声音从暗处传来。

你说你的心里很苦，真的想要哭，却怎么也哭不出来，所以你的心里很苦。

"你的朋友至少没有欺骗你的感情？"

这点你相信。你说你至少是趁朋友欺骗你之前舍弃了他。

"怎么解释？"

"无法解释。"你说你不想挨到最后既伤害了别人又触碰到了自己脆弱的底线。

"是不忍心和朋友决裂吗？"

你说你不忍心，没有什么比和最亲爱的朋友分裂更加痛苦，可是你就这样做了。

"睡着了没有？决裂以后？"

"一直清醒地睡着，说是醒着或许更加贴切，翻来覆去怎么也躺不下去，孤寂地蜷缩着身子一夜没有睡。"

"难受吗？"

"比难受更让人难受。"

你说你现在难受得不得了却怎么也哭不出来。

你又朝后面翻看了一页，心里没有多大感悟，你也知道你的心思并不在这里。

是的，你的心思并不在这里。

你直接跳到了最后一段话，你发现这种叙事手法特别有意思，给人一种"轻舟已过万重山"之感。

"时间让一些英雄美人成尘成土，把一些傻瓜变得又阔又富。"你突然觉得这个世界真是好笑。

你庆幸你的庆幸。

你又朝后面翻看了几页，翻到《鸭窠围的夜》，里面的描述挺让人享受：

黑夜占领了全个河面时，还可以看到木筏上的火光，吊脚楼窗口的灯光，以及上岸下船在河岸大石间飘忽动人的火炬红光。这时节岸上船上都有人说话，吊脚楼上且有妇人在黯淡灯光下唱小曲的声音，每次唱完一支小曲时，就有人笑嚷。什么人家吊脚楼下有匹小羊叫，固执而且柔和的声音，使人听来觉得忧郁。

大巴车平稳地驶着。

你继续翻看，不理会周边环境，融入淡淡的哀愁，身体全然成了虚空的存在，透透明明，斑斑驳驳地撒了一地。

"快到了。"瘦高个子说。

"就快要看完了。"沉睡的矮胖个子也醒过来了，精神焕发，这一路上他比瘦高个子要忙碌得多。

就快要完了。

已经能够听到市里嘈杂的响声，就要到了。

午饭被安排在市内一家颇上档次的酒店。

吃饭时你仍旧没有缓过神，和原先设想的境遇差太多，尽管这样的场合并不会让人感觉有多差，只是一切都像在走弯路。

你和瘦高个子、矮胖个子抵达车站，有人恭候多时了。等候的几个人庄重而又俏皮，奉承又不失习惯性的幽默。你不防备他们是派来的说客。就在恍然明白的一刹那，你扭过头看见瘦高个子和矮胖个子的表情，自然平和。或许此时此刻只有你一个人被蒙在鼓里，被一大帮嬉皮笑脸之人给高高捧在天上，既享受又隐隐不安。

觥筹交错的幻影里，虚张声势的表情、眉目都在一点点淡化，耳边的聒噪声也犹如一场静默的无声电影。你不再对这顿精心安排的饭局感兴趣，连最后一丝心底的感激也失去了。你看不出瘦高个子表现出的到底是应承还是推诿，更看不出矮胖个子笑脸的背后葫芦里到底卖什么药。有点束手无措。

你说你想去下洗手间。

"快去快回。"有人笑着对你说，但你知道很多人其实看都没有看你。你去洗手间完全不用告知任何人，没有人能够阻拦你，更没有哪个人真心实意地挽留。你转身拉上了房门。

"有点窒息。"和以往病房里刺鼻的气味一样，让人想逃避。以前的生活就曾让你窒息过，像长久漂浮在漫无边际的海洋里，好在你遇到了一艘路过的白帆。

"先生，迷路了吗？"

"不，出来透透气。"

"洗手间在哪边？"你眼前站着一位身穿旗袍、二十来岁的女服务员。

　　"请这边走。"你被她清爽的嗓音迷醉，不由自主地跟着拐过角落又穿过两间包厢，在一处敞口处停了下来。你这才觉得有点酒劲上脑。

　　"进去就是了，先生。"她带着职业性微笑，说完便准备走。

　　"能不能站在这里稍微等会儿？回去不认识路。"你说你很快。

　　她的脸微微有些红。

　　"不好意思，先生，今天客人比较多，要去帮忙。"

　　你说你也是客人，就一会儿，十分钟，五分钟就好，也许五分钟都不到，很快就出来。

　　你像极了妖媚的女人。

　　"好吧，就等一会儿。"她说。眼前这个女孩可爱纯洁极了。可是，这触手可及的纯洁又能在这种环境里保持多久？你想不出来。事情往往不由你想。你原本想快点结束，可事与愿违。你有点难堪，怕对萍水相逢的她失信，如果不认识，失信不失信就变得毫无意义。

　　你看见了焦急难耐的她，在你走出洗手间的一刹那，你猛然意识到自己正在犯糊涂调戏一个涉世不深的女子。你一感应水龙头，水哗啦啦流了出来。

　　"可以走了。"你说耽误你工作真是抱歉。你说认识回去的路。

　　"真认识回去的路吗？刚才不是说方向感差吗？"

　　"不好意思，刚才有点醉，冒犯了你，你可以回去工作了。"你说你自己能找回去，边说便用手比画。

　　她像是要哭泣，被戏弄了一般。是的，她就为了等个素不相识的男人，全然没有任何自私的念头。你迷惑了，扯下一张洁白的纸巾递给她，不知什么时候，她红红的额头上渗出了细密的汗珠。

　　"真对不起。"

　　她转身跑了，像一阵红色的云雾消失在天边。

　　"欺骗别人，真不是个东西。"

　　墙角有声音，有人在叫你，是的，你没有清晰的名字，只有和你自身相对来说契合的呼唤，说不清楚，道不明白。人就如同千丝万缕的经络一般纠缠不清，枝蔓丛生。一只庞大的手将你一把从水里拧出来扔到岸边，你循着这呼喊摸将过去。

未

走在这样的氛围里，我像是从夜幕里走出来的人，没有眼睛、眉毛和头发，模模糊糊，我靠什么去辨别那就是我呢？椰风海浪？金色沙滩？咸味海水？我生在野蛮之地却有天生的女人气魄，没有特别暴躁的脾气更没有动手巴掌来巴掌去的架势，温言细语地缓解胜过刚强与暴动。

是的，造化弄人，前世的孽缘——造成了男人的身子女人的性格，她却是女人的身子男人的性格，像坚硬的铁器戳穿了腐肉，反反复复，千疮百孔。我无法再容忍。她成了一刻间的男人，我成了一瞬间的女人。

"我有大男子主义吗？"

她骂我有要命的大男子主义，让她受不了。

我和她的相遇像被机器镌刻，总要去回环往复地想，越想越忘不掉。我说我不想忘掉——是的，我不想遗忘掉与美好有关的事，尽管我曾经说——我连女人的手都没有触碰过，没有真正享受过女人。

这是在怀恋吗？老人们都感叹：怀恋即代表着失去。我想我是老了，孤独地老去。时光也不多了，留给身后的只有斑驳的人影，除了显赫的数据以外便是照片影像，记录生命历程的工具无一不是时间的欺骗者。

半路上又碰到了几个参加文化节的人，殊途同归，很快，文化人之间的火热和黏稠把我融了进去。

他们上山的时间比我早，旁边一个高个子男人向我介绍他们都是这次活动的获奖者，只有一人站得远远的，是一名独立撰稿人。

"仁兄在哪里高就？"高个子面带恭维。

"替一个朋友过来的。"我并没有涉及更多朋友的隐私。

"哦，这样啊。"

"遇到就是莫大的缘分。"

"听说山顶有一尊石观音。"

"最近才建，据说要打造成南边最大的朝圣地。"

"这年头大家都喜欢吹嘘。"那位略显清高的独立撰稿人朝我靠拢。"人们都喜欢生活在自我创造的极端化世界里。"

其他人没理他，继续朝山上走。

阳光射在林间的草叶上，照出斑驳的绿晕。

我已经感觉到了倦意。

瘦高个子显然不太喜欢这位独立撰稿人，途中好几次都将他一个人远抛在后面。我想我也像其他人一样讨厌他的，至少谈不上喜欢，他的身上有种看不见的迂腐。

"看到石像头了。"我气喘吁吁。

"走完坡道就到了。"

"石像有多高？"

"官方说是三十米。"

"三十米有多高？没有参照物，能不能再形象一点儿？"

"看到路边那棵大松树没？差不多有六棵高！"

"哦。"

我觉得我在他们面前就像个傻瓜。我想他们此刻也在心里这样想我。

抵达山顶时大家已汗流浃背。

山顶风很大，吹得人眼睛疼。他们说要到菩萨面前合影，我没有去，我说从小就不喜欢拍照，独立撰稿人继续"独立"。

"山顶上的风真大。"他说。

我说是啊，人在欣赏风景时难免得让湿漉漉的心晾干，只有这样才配接受自然的洗礼。

他问我信不信教？

我说我不信教，信自己。

他说他也不信教。

"遇到烦恼怎么办？"

"拼命地写稿子，在文章里寻求宁静。"

"有效果吗？"

"哪怕片刻的宁静。"他自我陶醉。

"不过多数还是得跟烦恼与焦躁打交道。"他又补充说。

我听见菩萨像旁边松针叶子掉落的声音。越往远处看颜色就越深，人也就变成暗色。绿精灵的翅膀像是蛾子幽绿的眼，汩汩地淌出一汪清泉，不知道什么时候这双明眸就掐灭了，像太阳的升落、春草的枯黄、生灵的消亡和水滴再也折射不出的光。

"刚才说到哪里了？"我问自己，又像是在问他。

"宗教信仰。"他说等待真是费心费力。

"不好意思，我们继续。"

他坐在松树下的石头上吹风。

"是以作家的名义还是以画家的名义来参加这次文化节？"他冷不丁地问我。

"个人的名义。"

"作家？"

"不是。"

"画家？"

"不是。"

"主办方邀请来的嘉宾？"

"都不是。"

"那来干吗？"

"凑热闹。"我开玩笑。"朋友有事来不成，我替她来的。"我怕他往下问，还真不知道该如何回答。我也是特别虚伪，在特定的场合和时辰里。

"相识就是缘分。"

"多交流学习。"我说完，他严肃呆板的面容稍微挤出几抹笑意。

"互相切磋。"

"没问题。"我觉得自己真是虚伪至极。

人难道一定说了谎话才会感觉到心慌意乱？还是做错了事都这样？左眼皮跳，右眼皮跳，眉头紧锁，印堂发黑……我找不到答案。

"快上来！上面风景真美！"其他人已径自爬到菩萨像的最高处。

"很凉快！快上来！"

"一起上去吧？"我说。

"不了，我想静静。"

"那我上去了？"

"上去吧。"他对我微笑。

站在菩萨像的大手上向四周眺望，视野开阔，灰色的鸟群不时掠过。

暮霭不知什么时候已重重压过来，一辆商务面包车正朝山顶疾驰，断断续续的嘟哝声里，白鸽随着一群身着黄色袈裟的和尚们钻进了石像底下宽敞的香油坊。

几根梨树粗的烛滋滋燃烧着，我想夜幕降临之前就会烧完。

等我最后一个跳上车后，车便像长了翅膀一般向山脚飞驰。

茶色的玻璃窗外的景色影影绰绰地闪现着。

车在狭窄起伏的山路上行驶了好一阵子才到山门口，我和大家就这样安静地坐着。

空气中有几分情欲的味道。我问大家闻到什么味道了没有？大家都说没有闻到并反过来指责我打扰到了他们的美梦。我说对不起，有点疑神疑鬼。刚来这个地方对环境太陌生，犯点错误在所难免，大家也就不再追究。车终于在七拐八拐之后停在了一处半山酒店脚下——我是说另一座远远相望的半山。大家下来后，车便一溜烟儿开走了。并没有人在门口热情迎接，这和我原本设想的情景很不一样。我流露出失落和忧郁的神情。走吧，大家叫我。他们穿过旋转门进入厅堂，只有我还痴呆地站在门外，有点无所适从。

应该就在上面二楼或三楼的厅堂里。

我不敢确定我是否在梦境里到访过，旋转玻璃门，带着金色光芒的门把手，彬彬有礼的侍者，奇装异服的人在门口演奏风琴，音调和旋律让人温暖。

"看见了没有？就在那边。"

"哪里？"

"挨近窗户边的宽大桌子，上面有指示牌。走吧，过去，别让人等。"

"牌子上写着哪一类人？有点近视。"

"文化界人士。"在他迅速绕到我的身边时，挡在我和他之间的是一道虚掩着的门。几位衣着光鲜的女服务员朝我们笑。

"从这边过去吗？"

"是的，先生请这边。"一位身材高挑的女侍极其礼貌地引导我在人群中穿插，她很瘦，婀娜多姿，画了淡妆，以绾发代替刘海，应景下有种别样的气质。我问她来这里多久了？她只是对我微笑，和先前的礼节性微笑又有所不同。我问她喜欢这份工作吗？她侧转过身子不再理我。我就是这么不识趣。识趣该识趣的，不识趣不该识趣的。我不再理她，却无法一时彻底忘记：白净、颀长、姣好的容颜，楚楚动人的身段，似笑非笑的语气……我害怕我就这样还没有进入正题就已经离题万里。我浑身冰冷，手心出汗，心乱如麻。我端起一杯热茶抿了一小口放下又拿起，像是踩在布满裂纹的冰面。

她站在桌子旁，等传唤。我所能够看到的，所能够感受到的——西装与休闲的服饰，光头的亮色与黑白交替的瀑布在移动着，玻璃杯里的酒液在空气中混杀，人越来越迷离……

辛

"快进来，等着敬酒呢。"矮胖个子揪住你的手不由分说往屋子里拉。你苦笑几声，硬着头皮进去，本来还想在外面多停留片刻，找到她——那个你无意中伤害了的女孩子——当面道个歉，赔个不是。

"不能成心躲着大家啊。"你透过酒瓶瞅见了数十双看不透的眼神。

"昨天吃了不该吃的，今儿闹肚子扫了大家的兴致。来！甘愿自罚。"你拎起半瓶子白酒咕噜下肚。你知道唯有这样才能圆了眼前的场。你在逞能，酒液滚进喉咙产生灼热感的瞬间，你后悔了，后悔你的莽撞，后悔你的后悔。醉意朦胧的瞳孔里，有人在为你的豪气鼓掌称欢，有人为你的自大暗自好笑，你头脑眩晕几欲跌倒，后退了好几步，恰好被矮胖个子从后面抵住才没有溜进桌子底。

你不知道为何要这样去想，直觉驱使你想下去，只有这样，眼前的色彩才能斑斓，静止的物象才能彻底灵动。

真是这样。你缓慢丧失知觉，这种毫无感知的感觉，像是遇上了一堆洁白似雪的棉花，你就躺在上面，踩空了云朵，失去重心不停下坠，在没有声音和引力的世界里翻啊滚啊，连呼喊都没有人听得到，恶心难受，任人摆布。过了很长时间，也许只是一小会儿，你就被搀扶着走出酒店大门。门外风很大，你感到脸部有一丝丝清凉，你渴望这种可遇而不可求的清凉。

"就回去了吗？"你勉强站立问旁边的瘦高个子。

"嗯。"

"这么快就结束了？"你听见矮胖个子对瘦高个子私下说。

"先休息好再说。"

"晚上还有活动吗？"

"不去，推了。"瘦高个子说。瘦高个子和矮胖个子两人说了许多话，一个字一个字地蹦出来，像是珠子撒了一地，铿铿锵锵，你却只听了个轮廓。

"走吧。"你被矮胖个子搀扶进停靠在酒店门口的车里。神经告诉你跟着走就是了。你这半辈子享受惯了别人刻意的安排，如何也挣脱不出来，落入一个局。

你靠着车窗小憩，浑身的酒气迅速弥漫整个车内，司机打开天窗。

"两边的窗户要开吗？"司机说这话的语气明显带着商量，他不敢擅自主张，哪怕一个不经意的眼神，一次细微的动作都会引起不满，他就活在这种内在塑造和外界施压的环境里，语音的轻重、语速的缓快都得自个儿先对着揣摩几遍才能拿捏得准。

"开一点缝。"矮胖个子说。

"能不能把两边的都打开，好让风吹吹？"你心里憋得慌。

风缓缓地吹进来了，你稍微感觉到酒醉饭饱后的惬意，在轻柔的抚摸里你不知不觉陷入沉睡。

你一寸一寸陷入不自知里，滚进温软的河流，想拼命爬起来却像有人从后面拽着不让你走，长着和湖泊里的水草相似的面孔，布满狰狞。你要到哪里去？你不停询问你自己你到底要到哪里去？没有声音的境界里，人们最多只能看到你眼角的湿漉。没人能凭着自己的力量穿过水草密布的湖泊，你被水草缠绕着，抱着干瘪的朽木。你觉得最残酷的事便是在绝望和悲伤的土地上抛洒下希望和愉悦的种子。整个过程你感受不到丝毫颠簸，平平稳稳，很熟悉却又忘记哪里经历过。你看着躯体下的湖水一圈圈退去，潮汐般，你距离天空又近了几分。你仍旧闭着眼睛，有风在耳边轻柔地吹着。你听见"轰隆"一声巨响，一根枯枝掉落砸在你头顶，你能够清晰地感受到砸下来的重量却感觉不到任何疼痛，睁开眼睛才发现自己正裸露在空荡荡的岸边的一棵树上，双手正紧紧握着一根枯死却坚挺的枝权，你渴盼这根树权不要断，可就在祈祷时，树权断了。

你被惊醒。

"这几天在修路，有点颠簸。"司机话语中带着歉意，再扭头看身边的两个人，早已昏沉沉睡去。你酒也醒了三四分，脑袋仍旧疼痛。

"还要多久？"你问。

"就在前面。原本准备住市里面，但考虑到明天的采访任务，才就近找了一家酒店。"司机说。

"也是五星级。"他不忘补充。

你有点困惑。

"做接待工作多久了？"

"不长不短快十年了。"他带着自豪，这项工作对于他来说算是比较合适，不然他无论如何也不会从心底流露出欣慰。

"不过，做这一行，各个细节都必须顾及，一次没有接待好就可能弄砸饭碗，找份工作不容易。"他说。

你觉得他还算是个真诚的人。你说你见不惯油嘴滑舌、笑里藏刀的德行，骨子里厌恶排斥，遇到那样的人就没有说话的兴趣。

他就不再说话，只是听着。你想，尊重一个人至少也应该是这样。

到宾馆时，瘦高个子和矮胖个子都醒了。

酒店从外面看并不起眼，走进厅堂后你才发现内部装修得富丽堂皇。

"这灯很名贵吧？"你被水晶大吊灯投射的光线刺乱了双眼。

"听说是从意大利整体进口的，价值上百万美元，吊灯四周垂下的坠子是用水晶手工打磨而成。"

你就不再问什么，即使问下去也是徒然。倒是行走在一旁的瘦高个子和矮胖个子没有表现出夸张的脸色，不过你还是能够从他们波澜不惊的皮肉里看出内心的波涛起伏。他们都是一群见多识广的人。

"九楼吗？"你瞅着司机手里的房卡。

"9999。"

"太破费了。"瘦高个子说。

"来了就是客，得尽地主之谊。"他笑笑。

你直接奔向床铺，身边的两人也都整体散了架一样直哼哼。他并没有马上就走，烧了一壶水，又洗干净三个杯子搁桌子上并放好茶叶。

"睡醒后喝杯茶，身体会舒服一点。"

也不知道过了多久，你从宽大而有弹性的床上爬起来，脑壳仍旧有些疼，只是没有先前那么强烈了，揉了揉脑袋两侧，去洗手间洗脸。转身出来，瘦高个子和矮胖个子也从床上起身了，窗户被打开，有晚风吹进来，很凉快；矮胖个子麻利地又按下电水壶按钮，水又噗嗤噗嗤地烧起来。

"已经煮开过一次了。"你说。

"已经冷了，泡茶得用热水。"瘦高个子说。你坐在床边发呆。

"自行安排。"矮胖个子在洗脸。

"快点洗。"瘦高个子催促矮胖个子，他的脸仍旧通红不堪。

"就出来。"里面传来水声。

"水开了。"你喊。

瘦高个子依次排开先前备好的三个茶杯，一一倒满水，杯子里的茶叶不停地翻滚，散发出清香。

"什么茶？"

"大红袍。"

"估计也是次品。这年头货真价实的东西都比较稀罕，不花大价钱买不到。据说最名贵的大红袍产自一棵千年老茶树，一年产量有限，市场货不会真到哪里去。"

"茶这东西，喝的就是味。一茶一世界。"

"一叶一乾坤？"瘦高个子发出爽朗的笑声。

"那自然不是。"你说。"不过也有相通的地方，难道不是吗？"说这话的时候，矮胖个子已经揣着毛巾从洗手间走了出来，搭声的时候你能看到他的额头两侧还有清晰的水迹，你想他这会算是彻底清醒过来了。

瘦高个子走了进去。

"什么茶？"矮胖个子放下毛巾端起来就喝。

"三级大红袍。"你端起茶杯也象征性地抿了一口，然后放下。茶在你看来还算好茶，可你并不太渴，茶也就失去了意义。

"什么时候走？"矮胖个子问。

"等他出来一起商量商量再说，不用着急。时光真是个令人捉摸不透的东西，有时候缺少不够用，有时候又过于富余。"

"你是说人的欲望吗？"

"什么？欲望？不是。"肯定不是这意思，你只是拿时间这个在世人看来稀疏平常的东西作比方，想到什么就是什么。

"还得多久？需要洗头吗？"矮胖个子朝屋里面喊。

"嗯。头皮有点痒，对准水龙头冲几下就好。"他是这样说的，带着几丝诙谐，如果时间允许，他说这会儿躺在浴缸里洗个澡应该不错，一直泡到晚上月亮升起来。

矮胖个子就笑他，你也跟着笑起来。

"走吧！"瘦高个子从洗手间出来。

"去哪里？"

"出去逛逛。"

"去哪里逛？"

"去该去的地方，一切都是最好的安排。"

"你是指什么？"

"不知道。"

"到底去哪里？"

瘦高个子说跟着他走就不会错，"你本来就是一个丧失了方向感和目的性的人，到哪里去都一样。"

"这么说也对。"

"就这样走下去吗？"矮胖个子有点力不从心，把你衬托得像是个明白人。瘦高个子只是往前走，也不回答。

　　街道上的灯光微弱，拐角处的路牌上写着园丁路。

　　"夜访烧毁的幼儿园？"

　　"就在前面不远。"

　　宾馆里的手电筒的光线很强。近七八米高的楼房一面被完全烧糊，墙上插满尖的玻璃碴，铁门半掩。儿童娱乐设施狼藉，还能看到烧焦了的课本和桌椅。黄色封带被风刮断。

　　"不妨看看这些错综复杂的线路：老化、皮质松软，一扯就断，后来一直没更换，难免不在夜晚被老鼠啃噬造成事故。"

　　"这里原来是座废弃疗养院。"矮胖个子站在烧黑的桌子旁。

　　"后来就被租下来，免费接纳进城务工人员子女读书。"

　　"经费哪里来？"

　　"都是些志愿者，无偿提供服务。"

　　"还要待多久？都看了好几遍了。"你有点冷。

　　"仔细听，有声音，很细很柔。"

　　矮胖个子捡起半截砖头朝角落扔去，只听"喵呜"———一只灰色圆肚子猫掠过墙角。

　　"是不是该去看看？"你说，"去看看她——那位幼儿园老师。"

　　"打算什么时候去？"

"越快越好。"

"站在新闻工作者的角度，最大限度地还原事实真相，将隐晦的、温情的、曲解的、主旋律的以镜头平面的方式表现出来，是基本的角色坚守。"

"知道地方吗？"

"自杀未遂，正在医院疗养。"

"火灾过后，她极度悲恸，不吃不喝，外界舆论也纷纷指向她。她在一个漆黑的夜晚打开煤气罐，被隔壁邻居发现才挽回一条命。"

"真不该这样。"你说，"人是脆弱得要命的动物。"

"这条路穿过去吗？"矮胖个子问走在前面的瘦高个子。

"实在不行，走到前面再去问问。"

"街角有光，是家小卖部。"一个年轻小伙子正在搬纸箱子。

"你好，请问附近是不是有一所医院？"

"请问？"你故意加重声音。小伙子抱着纸箱子钻进了屋。

"现在的年轻人怎么都这样子？"矮胖个子站在一边。

"也许人家有苦衷。"

街边灯下坐着一位修鞋匠。

"老先生，您好，请问附近是不是有所医院？"

"你说啥？"

"医院，附近是不是有医院？"

　　"哦，医院啊，拐过前面几条街，就可以看见，很高的，不会看走眼。"老人身边散落着鞋子、旧雨伞，还有两个坚固的松木凳。

申

"晚宴什么时候开始？"有点饿了。

"还要等两位大师。"他告诉我。

"两位大师？"

"一位是武当山的白发真人，一位是五台山的黑眉道长。"

"造物主真是厚此薄彼，把一些人修剪成黑白交杂，把另一些人修剪成黑白分明。"

"真是从头到脚一身黑？"

"是的。"

"真是从脚到头一身白？"

"是的。"

"见过真人？"

"听说的。"

我有点不信，喝了一口茶后转身便走。女侍离开了我的视

线。看她的人太多，每个人都有企图。她估计受够了像我这样
的人。我想我也是受够了像我这样的我。

"还不来？"

"快了。"

"还不来？"

"快了。"

"还不来？"

"快了。"

我的情绪正在发生变化。当然他除了回答没有什么事情可
以做，没有什么话可以说。能不能尝试着安静下来？他问我。
我说我好像正背负着千钧之物。

"怎么释放？"他带着疑惑。

"出去转悠一圈再回来。"

"算了吧，和他们不是一路人，还是坐这里等。"

"两位大师来了？"

"来了，就在离讲话台不远的地方，一白一黑很惹眼。"

"怎么不告诉我？"

白发真人果然浑身上下一身白，像是深山雪雾。黑眉道长
一袭黑袍，凝重肃穆。

"真是一对慈眉善目的长者。"他说。

我又问去敬酒的人回来了没有？他说差不多要回来了。
他要我好好饱餐一顿。我说我现在不饿。他说他想去一趟洗手
间。有人朝这边走来，是一位身材魁梧的男人，身边跟着一

群男男女女——想必都是他的下属，还有那位满脸桃红的女人——一刻钟前还亭亭玉立站在我旁边。我不好意思看她，我想她定也如此。男人是主办方代表，有成功的风范和儒雅的气度，把大半杯白色的液体一饮而下，我佩服他的酒量。女人就跟在身后，端着精致的托盘，上面放着半瓶酒。和他魁梧伟岸的身材比起来，女人显得柔弱。我坐不下去了，我想去找撰稿人，这种情况下他和我有一些共性。

我找遍了整层楼的洗手间都没有找到他。想他很可能迷路了，喝了那么多酒，不信他没醉。

"看见我的朋友没？"我在洗手间门外的长廊里迎面碰上一个女人。

我又问了一遍："请问看见我朋友了没有？瘦高个儿，戴着眼镜，挺斯文。"

"这里多是斯文人，不好意思，我弄不清楚他的样子，可以再去问问别人，真遗憾没能帮上忙。"

我微微有点晕。

女人走了，返回到分辨不清的热闹中去了。

"先生，我好像见过你的朋友。"

"在哪里？"

"坐在门外侧边的喷泉池边抽烟呢。"

"是吗？确定是他？"

"不知道。"

我快速下楼朝门外走。我要到有喷泉流淌的池边去寻找我的朋友，他就坐在那里落寞地抽着烟，遥远的星光一闪一闪摇曳着，像是江湖里的夜灯。我想他也正在等我，但不确定我能不能来，于是他就一直等，边抽烟边等，他不怕老去更不怕死亡。这一段路我仿佛走了许久，步子沉重而凝滞，迈不开脚，没有重心也没有任何能够支撑之物，虚无缥缈。他正在等待一场虚无缥缈。

"怎么出来了？"

"想抽根烟。"他说，"被人群一吵就烦，浑身不自在。"

"我也有点。"我说，"是不是有社交恐惧症？"

"说不清楚，只是觉得。"

"有其他认识的朋友吗？"

"有一个，刚也下来了，去旁边接电话去了。"边说边朝身后指去，"喏，就是他！"眼见一个身材不高的男人。

"他以前和我在一家杂志社共事，很受社长器重，年轻有才华，后来杂志社换了社长，他不再受重用，便辞职来了南方另谋生路。"

"现在做什么？"

"独立策编，给自己打工。这几年混得还不错。"

"这么年轻想必还没有成家，事业心真重。"

"他的儿子都能走路了。"他说这话时，那人已经结束了漫长的谈话回到了水池边，挨我旁边坐下。

"打完电话了？"我问。

"打完了。"他语带羞涩。

"听说现在编杂志？"

"舞文弄墨，赚点小钱。"

"真好，既可以养家糊口，也可以创作，还可以陪家人，真是一举多得。"

"闲暇时还好，可是一到发刊，人就忙得不可开交，加班熬夜是常有的事。"他又朝我旁边挪了挪，语气轻柔。

"还发表作品不？"我问。

"也经常写，不过现在年纪大了，多是一些短篇，长篇写起来费神费力。"

"这么年轻怎么能说老呢？"

"都三十八了。"他说，"已经是一个女人的丈夫和一个小孩的父亲了。"

"看起来真不老。"我说，"刚才还说笑，说是不是还没有结婚？即使结了婚容貌也不显老。"

"天气真热，不习惯吧？"他伸出手想替我擦额头上的汗。

"谢谢，我自己来。"

"我来吧。"他就要动手擦。

"自己来。"我说。他怔了怔，把手里的香巾交给我，眼睛仍旧温情地望着我。

"看得出婚后生活很幸福。"

"婚姻的幸福表象还是生活？"

"都有吧。"

"马马虎虎，现在分居了，暂时不住一起。"

"孩子怎么办？"

"他妈带着，不跟我，想的时候回去看。"

他仍旧含情脉脉地瞅着我。

我不知道该以何种粗鲁却又礼貌的方式拒绝他。我说该走了，想必大家都已经吃好了，门口的车接二连三地在夜色的掩映下朝山下驶去。

"晚上住哪里？"

"主办方有安排。"他说，"举办活动不容易，他们不会让细节打败过程，今晚还只是欢迎宴，明天上午才开幕。"

"是不是意味着可以白吃白喝几天？"

"可以这么理解。"他说。

"什么时候走？"

"就走，那边的中型大巴车看见了没？回去就坐那辆车，刚才有人来通知了。"

"去哪儿？"

"山脚下的酒店。"

处于这种环境中的人多是人云亦云，等到清醒时已经晚了。到酒店已是晚上十点多。酒店同样气派，很亮，整片山都给照透了，周边分布着很多栋楼，娱乐设施很多。独立撰稿人让我先上去，把房间里的冷气打开，他怕热。我估计他在寻思着和其他人去旁边的楼里放松。我拧开床边的台灯，温暖的光瞬间形成柔美的晕，我掀开茶几旁的窗帘，夜色贪婪地扑了过来。房间在第十一层。没有什么特别的含义，门牌号也不大好记。这些都是可有可无的摆设。我所需要的便是站在十一层高楼的窗户旁，边听房间里的煮水声边欣赏夜色。夜色对任何像我一样处于这种环境里的人都有致命的吸引力。我舒舒服服地躺在床上，忍不住在思绪的缝隙间怀念晚宴前碰到的那个优美的女人。

过道里有高跟鞋撞击地面的声响。很快就消失了。今晚没有月亮，远处的树尖沙沙响着。我放下茶杯准备睡觉，就在拔掉电话线时，独立撰稿人打电话让我去隔壁栋三楼，说是热闹得很。

我说我累了。

"还这么早，何必就将自己交付给软绵绵的床呢？来吧，大家都在这里。"

"过来也行，待不了多久。"我说。

他站在连接邻楼的玻璃小桥上等我。领着我从暗门进入了三楼一间华丽的KTV包厢，大家唱着歌喝着酒摇摆着臃肿的身体，我在偏角落的沙发坐下来。

我的心抖了一下。发现她——那个晚上站我旁边"smilence"的女人——此刻正陪坐在一个光头中年人的旁边。真是有点慌，刚才进门时，就感觉有一双温柔的眼注视着我，尽管只是臆想，但能够感知！

我认识她吗？

不认识。

了解她吗？

不了解。我想走过去对她说：能不能赏光跳支舞或是合唱一首歌？喝杯酒也行。外人眼里我确确实实是个异常枯燥的人。

她正望着我。她朝我走来，我的心突突跳。

"好巧。"她还记得我。

我还记得我和她相遇的时刻。她笑笑，举起酒杯和我碰了碰，从不喝酒的我一饮而尽。

"这么有诚意？"

"对待朋友就得有诚意。"我却看见她的面容闪现出难掩的无奈。

"挨我旁边坐吧，我朝里边挪挪。"

我问她是作家吗？她说她整天跟这些人在一起，日积月累也受了感染，偶尔写一些酸词。

"歌词吗？"

"诗词。"

我说这个年代有人喜欢词真是稀奇事。

"喜欢诗吗？"我又问。

"喜欢词，词的包涵更加广阔，意境相对诗句更加深远。"

"嗯。"我不知道它们其中更加隐形的区别到底在哪里，词学家们常常不会作诗，陆游曾经诧异过为何这么多人能彼不能此，可能在意境和用词量上的把握不准确。她的脸色泛起红晕。

她问我喜欢创作吗？我说我喜欢但至今一个字都没有写，这算喜欢吗？我又说尽管我一个字都没有写出来，但是心里已经积聚了千言万语。她又喝了一口酒。

"文学创作的真实不等于历史考订的事实，不能机械地用考据来测验文学作品的真实，恰似不能天真地靠文学作品来供给历史的真实。"

"如果文学作品无法记录或者表达历史和现实的真实状况，它就是缺乏意义的，典型的抛却了象征主义和深度意识流带来的触动。"

"算了，不谈论严肃的话题了，不适合。"她想要起身，光头男人走过来。

"我要过去了。"

"不多坐一会儿？"

"没看到他已经来了吗？"

"谁？谁要来？"

"他！"

我想这个女人注定会是镌刻在我内心石头上的死记忆！

"什么时候回去？"我问他。从进门开始，他就处于亢奋状态，白天的寂静和夜晚的喧闹势不两立。我真怀疑他过着交叉式生活。

"不要急，再喝几杯。"

"我先回去了。"

"快完了，一起走，等我唱完这首歌。"

我搀扶着他摇摇晃晃走向电梯口。有些人离去，有些人留下，她被光头男人搂着上了更高的楼层。

"怎么了？"正被我搀扶着的他醉眼蒙眬地问我。

"没什么。"

他沉重的肉身被我搬进电梯里。

我搜遍了所有口袋都没有找到房卡。

"再等等。"我说，"再找找。"

"千万别把我一个人丢下……"他发酒疯。

"我下去问服务台再拿一张。"

"——千万不要丢下我。"他痛哭流涕。

我说去去就来，不走远。

他抓着我硬是不放。

我只得背着他下到一楼拿了房卡后又上楼。

打开房门，他倒在宽大的床上再也不想动弹，打起呼噜。

壬

"刚问过了，不远，走几条街就到。"你说。

瘦高个子从身后赶来，挨着修鞋老人坐在凳子上看他用钉锤一下下将高跟鞋后跟上的鞋帮给敲打严实然后在鞋底抹满鞋胶让其一点点变干。

"生意怎么样？每天能修多少双鞋？"瘦高个子问。

"糊张嘴还行，也就二十来双吧。"

"只要每天开张就行。"

"以前的人，衣服鞋子破了缝缝补补后接着穿，现在，破一点就扔了买新的，生意越来越不好做了。"

"做多久了？"

"差不多十年了，老伴走后就一直在这里。"老头缓缓抬起头，额头沟壑纵横。

"老先生认识前面店里的小伙子吗？"

"你说那间铺面啊，认识，怎么了？"

　　"刚过去问路，小伙子一声不吭理都不理。"瘦高个子不时偏过头来看你，矮胖个子就蹲坐在散乱堆放的伞布旁边。

　　"他是个可怜的人，都还没有从悲伤中走出来。"

　　"怎么了？"

　　"两年前的一个雨夜，小伙子去了外地，家中只剩下未婚妻一个人，一天晚上有几个操着外地口音的男人过路躲雨，女人心肠好，将那些人请进屋里坐。"

　　"然后呢？"你问。

　　"哪晓得那几个人见女人孤身一人，起了歹意，借让女人引路为名将女人奸杀。"

　　你和瘦高个子沉默了。矮胖个子捏紧拳头不停地骂天杀的畜生。

　　"男人后半夜回来找不到女人，在雨中奔跑号哭，最后在一处偏僻的矮墙角落里找到了死去的婆娘。"

　　"如果能早点回来就不会遭遇这场悲剧了。"老人补充道。

　　"后来就没想过再找一个？小伙子还年轻。"你说。

　　"他这几年都是一个人挺过来的，挺不容易，有好几次从门前走过都看见小伙子抱着女人的遗像发呆。"

　　"真是痴情人！如今少见了！"

　　"谁说不是呢？"老人顶着微弱的路灯吃力地穿针引线。

　　"再跟你打听个事？就是附近有座……"矮胖个子冷不丁问道。

"就是附近有座——医院应该不远吧？"你没等矮胖个子说完就打断了他。

"拐过几条街，就可以看到了。"老人说。

瘦高个子用胳膊肘撞了撞矮胖个子，矮胖个子见势不再说话。

"老师傅，那你先忙着。"瘦高个子站起身，就此作别。

拐过街口后你拉住矮胖个子："知道刚才为什么打断你吗？"

他仍旧不解。

"老先生年纪大，承受的世间悲伤太多了。"你说你不想再让他重复地想一些更悲伤的事。这件事他肯定知道，你看他寡言少语，说明他内心装载的事情过于繁复，亲身经历、耳闻目睹都足以让他接近心里承压能力的极限。

"难道没有注意到老先生红肿的眼睛？"

"夜色比较暗。"

"他是个真心善良的人。你再重复询问，他所附载的悲悯又会多一分，那是一种变相的残忍。"

"你是在暗喻媒体的角色和责任？"

"有些东西藏匿在暗处比曝光在明处更有价值。"

你知道瘦高个子其实也明白这个道理，只是囿于工作，无法言明。

"是吧？"

他说他在思考到底用不用去探望那个自杀未遂的老师——

一个比脆弱更加脆弱的女人！

　　"那准备去哪里？"矮胖个子问。

　　"肚子早饿了，先找个地方解决温饱。"瘦高个子说。

　　路过一处喷泉广场，矮胖个子想去拍张照。

　　"这个时候还有雅兴？"

　　"只是有点感触。"

　　"你有没有想过有一天自己会背着相机满世界跑？"你问矮胖个子。

　　"没想过。"

　　"或是深入到还未开垦的森林，带上助手和工具，一待就是半年数载，专门揣着数倍放大镜和摄像机去观察林中生活的物种，做一名快乐的博物学家？算了不问了，这个距你更加遥远。兴许这辈子不会去做这些事情，也不会成就这些职业角色，更不会去搞那些玩意儿。但你有想过没？哪怕一闪念、碎碎念？"

　　"好像也没有。"

　　"这就是现代人的痼疾。"你说你也只是简单地以偏概全，并不能真正反映出现代人的生活特征和角色转变过程中带来的体验。你说你也就是胡说八道。

　　你让他突然想到某些东西——以前从未接触过的思维死角。

　　"那是什么？"你问。

　　"一种很奇妙的感觉和体验。大体方向正确吗？"

　　"反正不会坏到哪里去。"你只能这样回答，一路走来，你也存活在这种思考与体验的过程里，并不能清晰准确地表达出来并使其成为范本供大家参考。

　　瘦高个子说前面有家"湘里人家"，地方不大，布置还算精致，墙上挂着几幅静物素描，清漆桌椅，有种复古味。你靠窗户坐下，点好了菜，给另外两人各倒了热茶。

　　"相信缘分吗？"你说，"不是逢人就说的套近乎。"

　　"相信。"瘦高个子说。

　　"不相信。"矮胖个子说。

　　"为何不相信？"

　　"假的东西都做不了真。"

　　你说这样理解也不是你的错。

　　你说你明早就走。

　　"不再多留几天？"瘦高个子有些不舍。

　　"不了，该看的都看了。"

　　"也没有看到什么，也就吃了一顿推脱不掉的饭，走了一段乌七八黑的路，看了一处火灾烧成的墟，遇到了几个慈祥善良的人。明后几天没有兴趣参与？"

　　"该参与的都参与了。"

　　"你像是在抒发一首长而晦涩的诗。可你也不是什么哲学家，更不是诗人。这是治病救人之余的兴趣吗？"瘦高个子问你。

　　你说你现在才对真正的职业角色有了一点体会。

"什么体会？"

"放弃是另一种拥有。"你说这不是你说的，是许许多多死去的人说的，像是带着惋惜的临别赠言。重蹈覆辙，都在重蹈覆辙。

"准备去哪里？"

"离开这里。"

"去哪儿？"

"还不确定。"

"最想做什么？"

"看云。"

"哈哈。"矮胖个子露出不知所以的笑。

"菜来了，要上酒吗？"

"昨天喝了太多，这会儿还没有彻底醒过来，以茶代酒吧。还记得初相识，不也是以茶代酒吗？"你说你很珍惜遇到的每一个有故事或者正存活在故事中的人。"每个人都是一个特别的世界，每个小世界又组成千百个大世界，一环套一环地交错演绎。"

"还会相遇吗？"

"人的思维都不会走老路，除非刻骨铭心。"

"就这样。"

"喝了这杯茶，祝你好运！"瘦高个子和矮胖个子同时举起茶杯敬你。

你一口喝干，不做停留。"多吃菜。"你说，今夜还很漫长，待会回去还得消耗很大一部分体力。矮胖个子和瘦高个子在你面前肆意地笑，再也不当你是一个陌生人，但你知道这个暗夜黑幕降下来后这两个人还不得不面对一些他们内心排斥的事，你也知道就在前面——那座医院大楼里有一张洁白的病床，上面躺着一个面容憔悴、伤心欲绝的女人，你仿佛已经走到了她的窗外，推开窗户就能和她说上话，可是你却不知道该如何安慰，你没法打扰她，任何话语都像一头狮子，会狠狠地撕裂她。

你转过身去，像是从未来过一样，消失在路尽头，静悄悄地来，静悄悄地走，相遇一场相遇，告别一场告别。

你现在已经是落魄之人了。还说洒脱地奔向千里之外看云，这在正常人的眼里都成了痴人说梦。到这个时候你才真正感觉到孤立无援，丧失了金钱和物质依托，恐惧潮水般袭过来，你打了个寒战。

"要到哪里去？"

"哪里也去不成，原地踏步走。"

你嘲笑自己，放弃舒适的生活非要出来吃苦受罪，眼下什么都没了，成了一个被社会彻底遗弃的穷光蛋！

"也许吧。"你自言自语，明显对当下的处境充满了忧虑，毕竟一切崇高的信仰都得从吃饱肚子开始。你四顾茫然，并没有找寻到什么援助之物。圈子里生活惯了的人，不习惯做违背圈子的事，偷鸡摸狗与伤天害理距离你很遥远，单凭这点，你还有存在的价值。

　　你在一处门面前蹲了下来。也不知道过了多久，你的面前多了几张零碎的纸币，紧接着又蹦起几枚哐啷的硬币，你才发现你在人来人往的浪潮里变成一名乞丐了。你想笑却笑不出来。你曾觉得这是个肮脏而又低俗的职业，是不劳而获之人的伎俩，而满大街乱跑扯住路人衣裳不松开的手掌更是让你晦气。你也知道很多堕落到此地步的人也是生活所逼，你更听闻过这行当里充斥着不少职业乞丐，倒逼着真实的穷困者更加艰难。

　　没想到你就这样进入了乞丐的行列。片刻后，你装作若无其事地低下头迎接外界慷慨的施舍。你想，等凑足吃饭和坐车的钱你就会离开这里。你低着头不看任何人，外界的一切都与你毫无瓜葛，只是在每次有人施舍时，你不忘说声谢谢。这是你目前唯一能够反馈出去的东西。

　　一只棕色和一只黑色的大头皮鞋在你面前停下。

　　"兄弟？"你听见有人跟你说话，抬起头看见一个满面胡须的中年男人正盯着你。

　　你看着他，有点虚。

　　男人索性也蹲在你旁边。

　　他说这条街归他管。

　　"不好意思。"你说，"讨到吃饭的钱马上就走，我不是个乞丐。"

　　你有点害怕。你害怕他粗鲁地请你离开并留下所有钱财。你看见他这个样子就害怕，肯定逃不脱了，不挨打已经算很不错了，流氓地痞太多，完全斗不过他们，真是个到老还走背运的糊涂之人。

你等着他骂你一通，撵你走。

"抽烟吗？"他突然问你，你不敢不接。

"要火吗？"他兀自点燃嘴里叼着的香烟不由分说递给你一个刻画着裸体女人的塑料打火机。你把烟点燃含在嘴里，烟雾就袅袅升起来。

你和他坐在来往的人潮间吞云吐雾，环境变幻，你和他越来越慢，迷茫者的迷茫，忧郁者的忧郁，从容者的从容，忧伤者的忧伤。

过了许久又像是只过了片刻钟，他扭过头来看你。

"不是本地人吧？"他问你。你觉得是你瘪嘴的口音暴露了你。

"是的，行了很多路才来到这里。身上没钱了。"

"出门不容易。"他说，"来自哪里也不重要，要到哪里去？"

"云南，听说那里的云很漂亮。"你说，你也不知道去哪里，只想走下去，在一个环境里生活久了，困倦不过。你深深地吸了一口烟。

"你做什么的？"

"医生。"

"不错的职业。"他带着羡慕。"放在国外，医生也是好职业。"

"为什么放弃了？"

"和追求的生活有差距。"

"职业从来就不应该当成生活。你想象的生活是什么样？"

"不知道。"

"你是职业乞丐？"

"你觉得呢？"他反过来这样问你。

"很多时候，眼前的假象会欺骗一个人的视觉、嗅觉和味觉。高雅的人或物往往恶俗不堪，看起来卑微的人或事却往往伟大而圣洁，每一种社会角色或者职业角色都有各自的色彩，只有在特定的时间、地点，约定俗成以外才能看清。"

你只是笑笑。你说至少在有些事情的看法上，他要成熟很多。

"鞋子为什么要这样穿？"你想转移话题。

"本来买了两双，有一天一觉醒来发现一样只剩一只了，兴许是被哪只耗子叼走了，你知道现在耗子比人厉害，人用不惯的物品它们都看得上。"

"没娶妻生子吗？"

"有，女人每天上班，孩子寄宿学校，隔月回家一次，都很忙。"

"你也处在忙碌的状态？"

"这条街就是据点，每天就像上班，从不迟到。"

"女人和孩子看得惯吗？"

　　"习惯了。职业无高低贵贱，每一种社会角色都值得尊敬，只要不偷不抢，赚干净钱，生活就能恢复到本来的面目。"

　　"可眼下很多人都不这么认为。"

　　"那又如何呢？生活是自己的，眼光是别人的，窥视下的生活并不是真正的生活。"

　　"你比许多单纯依靠乞讨生活的人，要活得透彻明白。"

　　"被逼出来的，时间长了就好。"

　　你问他你现在是不是看起来像罪孽深重的人？

　　"你是个有故事的人。"你知道他在安慰你，你对你自己的处境十分了解，只是欠缺一个可以比对的第二者。

　　你问他还会撵走你吗？

　　他笑着看你。

　　"很高兴认识你。"你说，"我要走了，天色已经黯淡，谈话很愉快，特立独行的大头皮鞋很有个性。"

　　"能不能先不要走？"他拉住你。

　　"还有事吗？"

　　他说他想带你去个地方。"你一定会喜欢。"他说。

　　"什么地方？"你带着警惕性。你并不能确定眼前这个人到底是出于诡计，等着你往里钻，然后一把扎紧袋子口。

　　你说你还要赶最后一趟车。

　　"你明显走不了。"他说，"光是这几个钱你哪里也去不了。"

"去哪里？"你又重复问。

"去了就知道了，一个大男人，不会把你怎么样。"他带
着宽慰。

你还是觉得现在就应该走。

"去哪里？"

总比留在这里强。

他说他不留你。"你走吧。"他说。你见他将烟蒂死死抵
在灰暗的水泥地上。

"走吧，去你说的地方，现在就走，趁着还留有最后一点
信任。"

他站起身来拍拍裤腿上的烟灰，带你离开人流密集的街
区，来到一处空旷的野外停车场。

"在这里等等。"他边说边走向一辆停在水泥荒草坛旁边
的摩托车。

"上车。"

"很远吗？"你不确信他到底要把你带到哪里去。

"坐好，别摔下来了。"他顾不上和你多说话。

他驮着你驶过人声鼎沸的街区，穿行在一座钢架桥上，
细密绷紧的钢丝拴着摇摆着的红红绿绿的小旗帜。你觉得眼前
这一切非常不真实，像是穿行在人造景里，一轮又一轮不断
演变，每一扇门后都藏匿着洞悉世事的双眼，没有想说话的欲
望，没有明确的指引。

"要是行驶在这条桥上下不来怎么办？"

“什么？”你的声音被刮进了风里。

“你想过自己一直在桥面上穿梭吗？也就是说你重复着眼前的骑摩托车的场景，可你就是感受不到，周边的一切也看不出刻意的安排，花花草草、人来车往在你的眼里都很真实，连桥面也真实可感，可你就是穿梭在永不消停的生命跋涉里，直到耗尽最后的力气，滴完最后一滴心血。”

“这样的场景你想过吗？或是按照现代人比较流行的‘折叠梦境’的说法，在你的意识里出现过没？”

“可能出现过，也可能从没有出现过，也可能正在出现。”他稳稳当当地驾驶着摩托车，车身有点旧，像是二手货。

“摩托车停不下来怎么办？”

“那就开下去，直到油表归零油箱报警，总有停下来的一天。”

“如果油箱一直不报警呢？”

“一直开下去，直到地老天荒，直到生命枯竭。”

“真是个浪漫的流浪派诗人。”

车驶过桥尾栏杆的最后一颗泛着光泽的螺丝时，你悬而未决的心终于沉沉落地了。

拐过几条繁华的街区，绕过散发着浓郁西方风情的白色大教堂，摩托车在古朴韵味的大庄园前停了下来，你和他都没有戴头盔，下车后他就带着你朝大门口走去。

“就是这里？”

"是的，我朋友的家——一座私人古物收藏博物馆，每周单日开放，其余时间闭馆。"

"你朋友真有性格。"你说。

"有些孤僻，但对古画研究非常痴迷，也是医生。"

"医生？"

"画医。专门给古籍古画治病，等会儿见了就知道了。"他带你绕过大门从侧边小巷子拐进低矮的门。

"周末闭馆，只能从后门进去。"

"朋友在家吗？贸然造访不太好吧？"

他说她比较孤僻，潜心于古画古籍的修补工作，很少和外界人来往，即便来往也多是非商业和慈善合作。

"那她一定挺孤独。"

"或许这便是她每周三天开放博物馆的原因。"

"这座气派的建筑属于私人？"

"祖上传下来的。"他说。"怎么，不相信吗？"

"那倒没有。"你仍心存疑虑。

进入后门，穿过一小段逼仄的过道，走过四面环楼的天台，便进入了古色古香的大厅。

"四处看看。"他说。

"你去哪里？"

"找朋友去。"说完他进入侧边一扇木门。

大厅为仿古式结构，以周易八卦隐形布局，厅堂纵深十余米，共分五层，每一层都暗布八个角，每个角撑着雕花柱，柱子间以镂空的隔窗相连，隔窗间又遍布着兽形纹理，上下贯通着八根粗大的廊柱，有天然的气派。层与层间，由透明的升降梯联通，楼层核心位置挂一面造型奇特的铭牌，按楼层分布"金木水火土"一字排开，从下往上呈螺旋状造型，挂满了古籍和古画。古画呈卷轴挂着，古籍躺在玻璃展示柜里，每一层的中心位置上都有一架与地面平行的全景智能演示机，陈列在展架和展柜的藏品都被扫描进去，供人翻阅、细品、浸入式体验。

酉

我躺在床上看着他，他的手机在震动，人一点知觉都没有。很快，震动声再次响起，我没有办法。

"怎么这么晚才接电话？"一位女人的声音。

"不好意思，他喝醉了，正躺床上休息呢。"

"有事要我转告吗？"我问她。

"哦，谢谢，等他醒了，给我回个电话。"女人挂断了。

这么晚还打电话来，也只有他自家的女人，如果我没有猜错。

"明早就离开这里。"

我不知道明天会发生什么。我觉得自己像个欺世盗名的骗子，不远千里来白吃白喝。我对自己没有多大信心，相较于自我菲薄，别人眼睛里表现出的鄙夷之色就已经将我和圈内人分开了档次。

"明天就走，趁早走。"

"真的要走吗？"

"都出来这么久了？有意义吗？"

"有意义还是没有意义自己做不了主。"我继续忽悠我自己。

有声音对我说："不要在乎结果，要注重思维的拔节生长。"

"这有困难。"我说，"很多人以为很简单。"很可能进去了一辈子都走不出来。人容易迷惑在生活的困境里，就像佛指的三千乾坤，每一种乾坤都是奇妙的幻境，我和很多我都活在其中一个或者几个相类似的幻境，从此穿梭到彼，从黑行走到白，从远缩短为近，从大缩成小，这个境界里苏醒，另外一个境界里沉睡，千变万化却又极其雷同，诞生的同时也遭遇着死亡，沉睡时却也清醒。

"像是解除梦境的旋转硬币？"

"更复杂。很可能不会苏醒，没有明显的现实接口。"

我侧转过身盖上被子把自己交付给梦境。

次日清早，我发现他早已经起床，正在浴室里洗澡。昨晚有些落枕，脖子有点僵硬。"昨晚有个女人打过电话。"

"已经回了。"他说，"那是我老婆。"

"昨晚喝了多少？"

"有4瓶吧，别人还往我的酒杯里掺了不少。"

"有特别的收获吗？"

"哪方面？"

"有没有遇到对味的人？"

"倒是有几个，都留了联系方式。"

他反过来问我有什么特别的收获？

"没有什么收获。"我说。我说我和他没得比，圈子小，交集少，插不上话。

"可真不像。"他从浴室里伸出湿漉漉的头。

"等会儿就走吗？"他说他在梦境里听见我说今早就会离开。

"再待一会儿。"我说我舍不得他这个朋友，怕以后见不到了。

"我也是。"

"先下去吃个早餐。"我说，"昨晚饭菜虽然丰盛但动筷子少，现在肚子饿得不行。"

"等我穿好衣服换双鞋子。"

"不要落下什么才好。"

"东西不多，就一个包，走哪里背到哪里。"

活动举办地在快要接近山顶的宽大的廊棚。

车抵达广场停车坪时，周围早已经升起了数十个氢气球，每个氢气球下面都挂着写满贺词的彩飘，蔚为壮观。

"活动要搞多久？"

"差不多两三个小时。不过，依目前来看，整个上午都要耗这里了。"

"嗯，有点磨人。"

"主要是领导多，讲话时间拖得比较久。"

"重点是颁奖环节吧？"

"我觉得关键环节是作品展览，看到那边那个白色房子没有，里面摆满了各类获奖作品，要过去看看吗？"

"我怕看不懂。"

"纯当参观。"他拉着我朝白色房子走。

"《城市的头颅》这幅画真有趣。"

"活动的主题是什么？"我问他。

"生活·城市·灵魂。"

我说尽管我不太懂画，但是眼前这幅画吸引了我。

"能否具体描述一下，现在能够想到的？"

我怕说不好。

"没事，尽管说。"

"这幅画初看起来就是一具狰狞恐怖的人头颅骨，当然这并不是作者想要表达的，因为这样势必太没亮点。细看，头颅骨里的空洞是不是好似连成一片的城市生活，有起伏、蜿蜒的河流。"

"想到什么？"

"恐怖环境下的城市生活。"

"再想想？瞅瞅这具头颅骨所用的材质？走近一点看。"

"像是灰色的水泥。这能够用来绘画吗？"

"是调制混搭均匀的类似水泥颜色的染料。"

"原来如此。"我说我也不是很明白，都是感觉在作祟。

"现在想到什么？钢筋水泥下的城市？被生活环境石化的人？灰色雾霾？"

"灵魂的颜色。"我说，"灵魂的颜色。"

我问头颅骨下面若隐若现的云彩是什么？

"像不像一条正在消逝的河流？"

"初看不像，越看越像。"

"河流上的城市？头颅下的河流？生存之上？生活之下？倒像是歌曲里的唱词。歌曲很多时候能恰如其分地反映生活。"

"去前边看看。"我跟着他。

他碰见昨晚一起喝酒的几个熟人。我和那些人并不熟，不想过去凑热闹。

我太孤僻。

房子的墙壁上挂满了笔墨丹青，既有成名艺术家的新近之作，也有新锐之作，参差不齐。透过窗户，他仍旧和昨晚的那几个人开心地聊着天，光头男人也在，我的眼睛在不停搜寻着她，但没有看到她的身影。我怕走过去，遭遇光头艺术家的目光，转身走进一间隔间，对着一幅《寺庙鸽子图》凝神。

活动在热烈的掌声里拉开了序幕。既不是受邀嘉宾也不是获奖选手的我只得站在白房子的窗户边往外看。

"为什么不去前面坐？"

"有压力。"

"真要留在这里？"

"嗯。看看就好。等不到活动结束我就会走。"

"走之前告诉我一声。"他这样对我说。他想送送我，真心实意。

他信以为真了，我想等到他出来时，我早已不属于这座城市。

也不知道走了多久。

我已经感觉不到自己的存在，已经迷失。有一种东西死死盘踞着我的身体，直往下陷。海风带着腥臭逼着我朝一堵围墙内躲闪，墙边是一条深不见头的古巷。

我想转身，逃离这里。

我没有地方去，海风吹着身子，柔软舒服，日日夜夜，生生死死，驱逐我。

远处，三五个古装扮演者正在抽烟，头发被高高挽起，流露出沧桑的神色。我毫无防备地跌入了一幕戏剧里。

人越向往一些东西，越缺乏一些东西。

"不热吗？浑身包裹得这么严实。"我借势一屁股坐在墙根上。

男人看了我一眼，没说话，只是低着头抽闷烟。

我问他是不是职业演员？他说他主要做群演跑龙套，装聋作傻都是他。幸运的话也许还能露出半张脸。

"喜欢做演员吗？"

"混口饭吃。做演员太难，并不是每个人都有表演天赋。"

"累吗？"

"倒不是很累，只是一下子没有回过神来。"

"先前做什么？"

"开了一家书店。"我想如果书店经营好的话，他不会选择来当一名日晒雨淋的群演。

我想尽量聊些轻松的事。

"拍了几天了？"

"好几天了，摸爬滚打，肮脏不堪，浑身又臭又痒，想赶快脱下来。"我知道他想脱下来，摆脱这层束缚。

"穿戴好的人到这边来排队。"有人正朝这边大声喊。

他抹抹脸，掐灭手中的半截烟，重新扎起帽子抡起兵器朝大队伍走去。

男人在演跳崖戏，被人反反复复从悬崖边踹进海里，又被威亚给活生生拉上来，中途有好几次停下来呕吐。

他说他眩晕，患有恐高症。我笑他，生活就像一切病症的良药。

"是苦的意思吗？"他问我。

我说应该抛弃苦这个层面，把更多的目光放在病症的恢复上。

他又说他就是想体会这种生活，从崩溃的悬崖跌落下去，死而复生。

"生活可没有任何快感。"我说。"被生活打趴下来了，就永远也爬不起来了。"

我注视着他。

"怎么样？这回演得如何？"他又兴致勃勃地跑过来坐在我身边。他很在意别人的目光，特别是陌生的不带任何偏见的那种。

"不错，肢体动作和表情都很到位。"我想笑却怎么也笑不出来。

"刚和导演说，有些细节还不到位，想再重演一次，被导演拒绝了。"

"为什么？"

"花费太大。"导演说他会做后期特效。

"已经很不错了。"

"可明明就有很大的问题。"他说，"外行人看不出，内行人一眼就能看出。"他有点痛苦。

"主要演员有疑问吗？"

"没听说有什么疑问，他们镜头多，多浪费一天，电影制作费用也会水涨船高。"

"国内电影都这么制作吗？"

"不清楚。但从业内看，三个月完成制作已经不是什么新鲜事，包括前期筹备和后期宣传。就跟我开办书店一样，从人头攒动到门可罗雀，无不论证着一个道理：这是个卖书的年代，而非读书的年代。"

男人拿出一个小本子递给我看。"明星的签名。"

看着横七竖八的笔画，我瞧不明白。

"追星族？"

"不是，看大家一哄而上抢签名，我也跟着去了。"

"那就不值得炫耀。要知道，天空有鸟飞过，我们不能狠狠抓扯几根羽毛，然后当着一群人炫耀：我喜欢这只鸟，我要把这几根羽毛好好珍藏，将来做成羽扇一代传一代。"

他被我逗笑了。

"本地人？"我问他。

"打小就生活在这里。"

"对这片土地有什么记忆吗？"

"不是很多。现在的人都像得了遗忘症，对过去置若罔闻。喜欢流于表面，追求些华而不实的东西。"

"每个时代都有，根除不掉。过去就像是长在现在屁股上的一条长尾巴，是龙是蜥蜴还要看它们的脑袋。"

"以前这里是什么样子？"

"荒无人烟。一面悬崖一面海，很多人都喜欢来这里跳海。以前的人比现在的人还想不开，后来陆续住进来一些人，再后来，土地被政府征收，开辟成旅游观景区，就是现在看到的样子。"

"怀恋以前还是喜欢现在？"

"但愿我的任何说法都不代表立场。"

"没这么严重。"

他吸了一口电子烟，在他看来，我是一个斯文人，而斯文人一般烟酒不沾。可他忽视了文人和斯文人的区别。我需要烟来提神，需要酒来增加灵感，需要黑夜凸显与众不同。

"抽吗？"

"不，谢谢，我不抽烟。"

"我想去海边走走。"我站起来朝蔚蓝的海边走去。

他不知道：我快要窒息而亡，只是时间问题。

我把双手插进裤兜里，面色凝重。海风轻缓地吹着，海浪此起彼伏地敲打着礁石，声音很远却很清晰。我觉得身子变得无比轻盈，像是随风摇摆的羽毛或是无根的浮萍，飘浮在空中，没有依托，心，如同跌落海底的石头，一个劲儿下沉，有比深沉更深沉的诱惑冥冥之中诱导着我。

一场厮杀声惊醒了我。我倒吸一口冷气，急忙锁住脚步。

休息的空当里，坐在摄影机器后的导演和几个妙龄女子嬉闹。

我收拾起无关痛痒的情绪往回走，碰到一个脸上沾满泥土的老"兵勇"。

"这么大年纪还出来演啊？"

"来打工，孩子们都在这里打工。"我怀疑他年老有些耳背。

"过年回去吗？"

"过年不回去，打工，拍了好多年的戏了。"

我问他有没有告诉老家人他在做演员？

"算哪门子演员，混口饭吃而已。"

我说我刚暗地里看了，他的动作、表情都很到位。

他憨厚地笑笑。

"热吗？"

"海风很凉快，不热。"

我用手给他打风。

"谢谢。"他的牙齿有些脱落泛黄。

我还想和他继续攀谈。先前那个男人正蹲坐在墙边等我过去。

"不好意思，刚才我的肚子有点不舒服。"我对坐在墙边的男人解释。

"墙角凉快，太阳被完全挡住了，有大把的阴凉。"他满头大汗。

"刚才的问题，我又想了想，其实有很多人都喜欢以前。包括我父母，也喜欢这片土地，比较怀旧，每个时代都有每个时代珍贵的东西，或是一种精神，或是一种气质，或是一种说不清道不明的感觉，总之，无法割舍。"

"现在的生活总缺点什么。"

"缺乏什么？"

"我也不知道。"

"希望没有热糊涂。"他起身准备离开。

"去哪里？"

"买水去。"

癸

　　你观摩厅堂里的古籍玩物，像在不同的世界里游走，眼花缭乱。

　　你清晰而响亮的脚步在空气中飘荡，感受不到任何细微的呼吸，厅堂的顶部是透明的圆形盖子，有隐形的光束透下来。

　　你感觉有一双眼睛正在暗处注视着你，对于这个八面玲珑的屋子，你只能静静地接纳来自陌生世界或是陌生人的投视。人，处在简单密闭的环境下，特别容易堕入小心翼翼的心境，会缺少很多自信，会多出许多漫无边际的惆怅。

　　"第一次来这里？"

　　"嗯。第一次来，感觉还不错。"你转身，发现一位六十岁左右戴眼镜的妇人正慈爱地望着你。

　　"您好！"

　　她回以微笑。

　　你问她看见了你的朋友没？

　　"刚碰见过了，就在长廊后面。"

　　"很高兴认识你。"你边说边朝楼上走去，声音四处碰壁。

　　"今天闭馆看不到什么人，平日里人多些。"她说。

　　"你喜欢热闹？"

　　"偶尔。"

　　"这么多年来一个人是不是习惯了孤寂？"

　　"没有人喜欢孤寂。"

　　"也有迫不得已的事？"

　　"每个人都有迫不得已的事，只要不脱离生活的环境。"

　　"话是这么说，可你的迫不得已又是什么？"

　　"眼前的工作。"她边说边往楼下走，你跟在后面，每一层楼都有一条直通后花园的木楼梯，很窄小，一次只能容一个人通过。

　　"楼梯真窄，很多年了吧。"

　　"有些年月了，平日里没有人走，再过些年头估计也爬不动了。"

　　"没力气了？"

　　"不，越来越懒惰，身子越来越臃肿。"

　　你开始笑，她也忍不住笑起来，眼前的小氛围活泼起来。她穿戴亮色的衣饰，有万物复苏感，你猜想，她骨子里就是风趣幽默的人。

　　"平日里，参观的人多，孩子，老人，都能够在这里欣赏到古籍古画的整个修复过程。"

"先带你到处看看。"

"求之不得。"

"这些和地面平行的大显示屏做什么用？用来展示书画？"

"并不全是，主要用来完整模拟再现古画的修复全过程，让参观者能够熟悉每一个细微的步骤，实现现实与虚幻模拟完美融合。"

"有点意外。"你说，"第一次接触这些。"

"看到没？屏幕上作品中间被圈上的小红圈，红圈部位就是被修复的区域。轻点大屏幕，可自由放大作品的任意区域，可选择'修复对比图''修复过程'等目标内容，进入新页面，修复过程有十余个步骤，每个步骤都有相关文字及五幅小图，每幅小图都可以再放大。这样一来，许多在传统展示形式下根本无法实现的内容，被整合到了交互平台提供的虚拟空间内，文化与科技实现了交集。"

你对她的描述很惊讶。

"新颖别致，完全脱离了可看而不可触的传统物理时空的观摩方式，对古籍也能起到保护作用，而且这种观看更接近于对艺术品古老的膜拜，特别是AR浸入式体验，观者在观看展览时也会有兴奋感。"

"去过苏州博物馆没？"

"一直想去。"她说，只是忙于手头上的工作，时间不太宽裕。

"可以去看看，那里既结合了传统的风水学与造景学，又暗含西方建筑因素，有一种朴素的奢华美。"

"看得出你挺懂欣赏。"

"皮毛而已。世间万物抵不过一双眼睛，两只耳朵。"

"你是一名医生？"

"嗯。现在辞职了，到处漂泊，和同来的朋友也是机缘巧合下认识。"

"他是个真朋友，能掏心掏肺付出，很少见了，现在。"

"你是说他——刚才一起来的那个朋友？"

"嗯。就是他。很了不起的一个人，有其他人没有的敏锐的艺术细胞。只是家境不好，上不起艺术院校，只能念业余。"

"坚持和努力有时候让人疼痛和煎熬。"

"他都挺过来了，不在乎眼光，忽略一切和艺术无关的杂质。"

"他也帮忙修复古画吗？"

"那可是细心活儿，他做不来，顶多帮忙分类整理，闲暇时学一学历代的作品知识，对他有帮助。"

"看得出，你很珍惜这个朋友。"

"情感这东西，相互的。"

"做这行多久了？"

"三十多年了。"

"三十年河东，三十年河西，一般人坚持不来。"

她笑笑。

"祖传的技艺？"

"大部分是，也有后天慢慢摸索出来的技巧。祖宗的东西不能吃一辈子，不过总算留有'余地'。"她笑着指了指眼前这座偌大的建筑。

你忍不住笑。

"其实和你从事的职业挺类似，祛除病态，剔除不相容纳的'诟病'，还原和成就真善美的本质。"她的话无疑很精辟。

"古旧书画流传至今，有些不止一次地揭裱，当再次出现严重破损需要重新揭裱时，便要量体裁衣，制定适合作品的方案。有些作品在揭裱过程中过于追求表面暂时的效果而忽略了对画心质地的保护，掠夺性的揭裱，简直是摧残。"

"最严重的情况是什么？"

"揭掉命纸伤及画心。"

"这和人体医学有点像。"你似懂非懂，只能这么尝试着去理解。

"中医讲究什么？"

"标本兼治。"你说。

"作为画医，先要保本，然后再治标，本就是画心，要最大限度地保护好画心的质地不受伤害。卷轴的命纸能不揭就不揭。命纸对画心来说性命攸关。多年沉积，命纸上承载着画面的灵魂。轻易揭去命纸，画面的神将暗淡，气也不畅，是致命的硬伤。如果命纸脱落而质地上好，还要尽可能地把原命纸和画心之间用软毛笔涮上浆糊，把命纸重新归复原位。这样揭裱后要厚些，画面精气神不会损伤。"

她和你谈话时，他——也就是同来的朋友——早已经泡好了茶，正坐在椅子上面带微笑看着你们，和后面的静物融为一体，成了活色生香的卷轴画。他并没有大声地打扰你们的谈话。

"边喝边聊。"

"有什么感悟？"他坐在你的正对面，端起一盏精致的青釉茶杯，抿了一口。

"是指在你离开的这一会儿时间内的体悟吗？"

"对。"他说。

"只可意会不可言传。"你嘴角泛起浅笑。

"想必也有很多收获和感悟。"他自言自语，说这话的时候，他朝她望去。

"这段时间怎么很少过来了？"她问他。

"每月还房贷，压力有点大，闲暇搞艺术的时间被冲掉了。"

"需要帮助吗？"

"还能挺过去，孩子的母亲也有工作，过段时间就好了。来，喝茶，特地找的上等茶叶，泡出来的味道应该差不到哪里去。"他想破除这种虚无。

你说你想继续听古画修整，觉得很有意思。

"能不能继续讲下去？"你对她说。

"茶杯里的茶垢掉落在古画上怎么清理修复？"

"清理和修复是两个不同的概念。"她很快帮你纠正过来。

"古旧字画经过漫长的年代大多都会有污渍，主要有水渍、霉斑、烟熏、油污、蝇粪等，去除这些污渍有物理方法和化学方法两种：物理方法是用温水冲洗、刀尖刮；化学方法就是用化学药物来去除。"

"哪种方法更好？"

"能用物理方法就尽量不用化学方法。"她说，"比如说揭裱的用水，千万不要用生水，最好用蒸馏水，水温控制在60℃左右，还要用试纸测定水的pH值，要中性。"

"连水温和水质也这么讲究？"

"这就跟医生开刀前手术刀消毒等准备工作一样，细节顾及到了，成功的概率才能最大化提高，不然就会发生意外。"

"每一个古画修理师都不容易，需要智慧和细心。"他有种过来人的思悟，他说这是他长久观察她工作的结果。

"以前听别人讲中国传统的书画装裱，说是很多像这样的博物馆和展览馆都是采用传统技艺，用起来也行之有效，如今引用现代化机器，会不会破坏古韵美？"

"文物修复借鉴科技手段和现代分析检测技术，可以对字画的材料质地进行分析、研究，如纸张的纤维结构及颜料成分的分析等，可以在为书画修复中对材料的选用、颜色的配比等方面提供可靠的大数据，这些将有利于古籍古画最大化保护。"

"珍贵的文物藏品万一修复失败了怎么办？"

"尽量小心翼翼，不出现大的纰漏。"

"从来没有出现过失败的修复？"

"到目前还没有出现过大的篓子，一些细微的差错都能够及时挽救，修复要像医治病人一样慎重，不轻易下手，一下手则必须药到病除。"

"需要这种态度。"你说。

"每个修复师都有自己的一套职业道德标准。"

"有哪些?可以谈谈吗？"你带着好奇。

"最低限度的干预，也就是说不能依据你对作品的理解去干预原来的作品，而是要最大限度地保持原作的面貌。"

"然后呢？"

"使用恰当的材料和方法，减少在未来处理和研究过程中可能出现的细节差。"

"继续说下去。"

"一名合格的修复师应该在所有工作流程中留下直接的文字证据，包括细节和步骤，记录下精细的表述，让后人在拿到你这个东西时知道你是怎么做的，才会有对策。而且，在修复之前，还应该参照保管人的看法、对象的价值和意义以及材料的自然属性，以此决定用哪种恰当的保存策略。"

"有些类似于当下流行的区块链。"

"是的。"

大凡谈些浅显的东西你还能准确把握，可是越往里面讲，越觉得如坠云雾，隔行如隔山，可是你的意识逼着你听下去、问下去，像一场情绪上的拉力。

"真是细微烦琐，平常人真是会耐不住性子，真不知道这么些年你怎么熬过来的。"

"忍受寂寞，驱散寂寞，享受寂寞，成就寂寞。"她苦笑。

"上了年纪，不担心眼睛不好使？有些古籍和古画上有很多年以前遗留下的污垢，肉眼不能辨识清楚，怎么办呢？"

她望着他笑，茶水已经第三次沸腾。

"文物照妖镜。"

"什么？"

"就是紫外线。"她说可以借助红外线、紫外线来辨识一些肉眼没有办法辨识的污垢，起到辅助修复的作用；有时候，还会把紫外荧光、正常光和红外光放在一起比对，这样更容易看清脏污的位置。

"要借助古画清洗机吗？"

"这里没有，只有正规古籍古画修复馆才有，这里收藏的物件规模还是太小，暂时还用不上。"她说，"何况也操作不来，不过可以给你讲讲一些操作流程，以前去实地参观时见识过。"

"很乐意。"你说。

"机器其实比不上人，机器比较笨拙，哪怕人工智能。古画清洗机主要利用自动控制技术将高压蒸汽在一定温度范围内对清洗对象进行均匀喷洒，快速溶解污垢，有效清除旧书画表面的污染物又不损伤书画基体，而且能安全妥善地进行画件层间的剥离，避免人为对书画的损伤。不仅能随意调节出水温度，还能保持出水恒温无变化，保证清洗效果。"

"大体上还是按照设计者的思维在进行。"

"似懂非懂。"

"人或许只存在在尝试过的世界里。"她说，"这样形容一个人的思维世界会比较贴切。"

"整个修旧如新的过程都是纯手工？"

"称'修旧如旧'更加贴切。"

她真是个"锱铢必较"的细心之人，你很准确地给出这样的赞赏性言语，一点都不吝啬。

"你是个非常专业的古画修理师。"

你知道这些干瘪的恭维对她无用，她的心早已宠辱不惊。

"拿到一幅破损的古画最开始要如何处理？"

"你遇见患者最开始会怎么做？"她反问你。

"辨明症状，分析病因，再对症下药。"你说。

"给画治病其实也是这个原理，首先需要根据字画的破损程度给将要修复的作品定性，看到底是一般性修复、重要内容修复还是重点修复。"

“一般性修复？”

“这种修复主要对整幅画面较平整、整洁的作品进行局部修补或更换配件，避免古字画重复性损伤。”

“继续说。”

“重要内容修复则主要针对画心的修复，为使托纸不空壳多采用更换褙纸的方式。”

“重点修复则主要针对画心破损严重、画心与托纸分离的作品。”

“有点类似医疗，一般性外敷主要适用于创伤，其次针对身体的重要部位进行医治，找准损害健康的病根，看是移植还是选择性剔取，最后则是主治医师会诊，商量重点诊治，看是选择性拿掉还是牵线搭桥。”

“这么讲，形象有趣多了。”

光如同金色种子从玻璃中透进来在人的身上生根发芽，似乎不长出一片郁郁葱葱不肯罢休。

“出去走走？”他望着你。

“走走也好，省得把人憋坏。刚来的人一定受不了这屋内的晦涩之气。”她的眼神中透着清澈。

“开车去吧，要方便些。”她对他说。

“哪一辆？”他扭过头来问她。你突然对眼前的这个老妇人——这间屋子的主人——有了更深的认识。

“就上次那辆。”

他拿上钥匙打开偏门朝屋后走去，你跟女人道过别便跟在他后面。

"还回来吗？"

"生活充满了未知。"你说，"不过，这是个好地方。"

"下次还能到这里来，未尝不是件好事，相逢的人会再相逢，除非生命消亡。"

"你不觉得眼前的世界到处充满了幽默？"

"幽默的世界往往都是因为它的不幽默。"

"她真算得上贵气。"你说，他正深一脚浅一脚地走在泥泞泛黄的草上，没有回头看你。

"真应该雇一个勤劳的园丁来这里修剪修剪。"他说。

"应该经常有人来这里打理。"你说，"不然早已荒草丛生了。"

他没有接你的话，只顾朝前走。走到低矮的地下停车场，你才发现里面停放着数十辆车，花花绿绿。

"真是一个富裕的人！"

"是指她会享受生活还是指她的欲望？"

"前者。"你说。"看得出她并不是一个只懂得满足贪欲的人，这些应该归结为她生活里的一部分，可总有人不明白金钱的巨大价值，更别提享受生活了，完全是糟践。"

"这话有点偏颇。"

"不。"你说你是认真的，"很多人目前还只停留在挣钱花钱的层次，并不懂得什么才是真正的贵族品质。懂这话的意思吗？"

"根深蒂固。"

"这便是人苦恼的地方。"你说你不想成为伟大的时代辩驳者，只想安安静静地享受人生，尝一尝自己亲手栽种的"杨梅"。

"味道肯定不错。"

"一直都在期待。"你说。

"就这辆了，等会儿你就能见识到这辆车的魅力。"他走到一辆酒红色法拉利旁边。

"去哪里？"

"未知的旅途难道不更让人期待？"

车在平坦的路上狂奔，你的心悬在嗓子眼上，生怕你善意的提醒会扰乱他的节奏。

他很享受，像是和生命在开着玩笑。

"知道她为什么要买这么多车吗？"

"你觉得呢？"

"这么给你说吧，这条路就是她花钱修建的，包括道路两旁长满玉米的田野、开凿的池塘以及水边茂盛的芦苇，都属于她。"

"不可思议吧？"

你无法相信，心跳加快，内心世界里的另外一个你知道你的心脏一直都不好，不知道哪一天它就爆裂迸溅出一腔热血。

"真是不可思议。"你让他把车停在玉米地旁边，你说你想下来走一走，看一看，无论何时何地，也只有土地才能拉近一个人与另一个人的距离，就像是同一片花海可以从无数人的躯体上长出来。

你朝远处喊，你想让你的声音通过蜂鸣和花香传到更远的地方。

"她经常一个人来吗？"

"偶尔也会和一些朋友来，这片地并不是她独享的小世界，而是公开的大世界，每个人都能够来，开垦、种植、春播、秋收。"

"你是想说，她所享受的世界是勤劳的人民创造的？"

"只有这样才能更加具体化、形象化，让人记忆深刻。"

"从另外一个角度讲，她的世界不受她操控。"

"她在乎的是生活，是时间和空间的维度，是简单的弹丸之地，能够生根发芽、开花结果，也能够荒草丛生、遍布荆棘。"

"她也是个容易被孤寂感放逐的人。好在，她找到了破解生活平淡乏味的法子。一个人长此以往地憋屈在一种空间，从旧的世界里发现新的影子，顶着异乎常人的肉体精神双重压力。"

"不过就目前来看，她差不多已经走出了内心的阴霾，站上了高地。你应该为你的朋友庆贺才对。"

"这里面隐去的一小段，真让你有点措手不及。"

"你难道没有发现她在这个过程里的细微差别？精神反常或是语无伦次？"

"请原谅她的这个朋友偶尔不称职。"他带着伤感，用手扯掉了一大兜飘絮的白茅。

"走吧，再往前走走。"

"你开一段吧，路况相对而言也还好。"

"还是你开吧。"你说你不熟悉路况，何况这样的车你从来没有摸过，有点忐忑。

"没事，你开吧。"他说他心里有点乱。

你就不再推脱，掀开车门一脚踏了进去。红色的云朵在灰黄色泛着青色光芒的路面上跳跃。

你扭过头，看见他双眼微闭，眉头紧缩，陷入沉思。

"就这样一直开下去吗？"你小声问他。他没有回答。

你有点慌，天迷迷蒙蒙下起小雨，路面很快就湿了。你不知道要把车开到哪里去，只能朝前开。你的脚尖儿轻轻后翘，速度便减了下来。

"别减速，以这个速度开下去。"他冷不防地提示你。他仍旧微闭着双眼。

风从西南方刮来，你透过挡风玻璃看见道路两旁的玉米尖儿和芦苇尖儿在细雨中摇曳。

左前轮有点打滑，你不得不握紧方向盘。

很快就遇到了一处T字形岔路口。"左还是右？"

"左还是右？"你充满急迫，他没有作声。

"快说走哪边？"你边说边伸手抓他的手臂，一个挑着几捆玉米棒子、头戴大草帽的老汉从右边蹿出来，高深的玉米丛挡住了视线。

"坏了，坏了。"你还没有来得及说完，躲避的车像是一团红色火焰迅速蔓延灼烧了一大片玉米地，又像是一台庞大的割麦机，所到之处，谷物秸秆被吞噬一空，流出一颗颗滚烫的眼泪。

"不要停，继续开下去。"他坐在旁边，显然对一切知根知底。听他这么说，你反倒显得不紧张了。

一场太阳雨干净利落地结束了。自然界和人类世界一样，充满了冷幽默。

玉米地被"火焰"大块大块地灼烧吞噬，没有任何规律可言却又冥冥之中符合潜在的规律，你和很多人一样都看不透，即便再过一百年也没有人能够理解透。被碾压开辟的玉米地像是一个天然赛车道，纵横交叉，没有起点也没有终点，你只能一直开下去，而此刻横隔在你眼前的是一条波光粼粼的河。

"要飞过去吗？"

"看来已经到头了，再走就过界了。"

"你是说河对岸？"

"嗯。"他的话语越来越简单、凝练。

"走，到河边坐坐，让车歇会儿，它算是糟了八辈子罪。"你边说边朝身后看了看，车身已被刮得不成样子，玉米秆横七竖八缠绕在车轮上，钻进引擎盖里的玉米叶子被烤得直冒烟，散发出焦香。

"回去还真不好交代。"你对他说，带着担忧。

"喝酒吗？"

"你是说现在，此时此地？"

"此时此地此景此人。"他起身去拿酒，不容你反驳。

他从烟雾弥漫的车前储物箱里搬出来半箱红酒，随手开了一瓶递给你，又给自己拿了一瓶。

"要是有点下酒菜就好了。"

他转身走到车后，打开冒烟的引擎盖，从里面拣出两根烧得乌黑的玉米棒子。

"自然馈赠的美味，不能浪费。"

你和他一边咬着糊黑的玉米棒子一边喝着红酒，目光再也撤不回来。

"还回去吗？"

你说你想在这里待一晚，明天再走。

"住在荒郊野外？"

"是的。"你说曾无数次梦见过类似的场景，一直在想方设法尝试以前未曾经历的生活。

"就这样把你丢在荒郊野外，多少不仗义。"他说他再多陪你一会儿，等星子挂上天就回去。

你就静静地和他坐在那里，等最后一抹光线寂灭。

戌

我站起来拍拍屁股上的灰，远处一座低矮的篷房吸引了我，棚顶闪烁着光，和昏黄的海岸线颜色极不搭调，我打算去那里看看。

"去哪里？"背后有人喊。

"到海边的房子里去看看。"

岸边摆放着几只刷好油漆待干的白船，一个老汉坐在船边发呆，目光坚毅。

"在等人？"

他不说话，微微扭头看了看我。

我坐下来，陷入了他的情绪。

"真是一个好去处。"我不看他，"我就曾经梦想着有一天能够拥有一座海边的房子，每天做自己喜欢做的事，不为烦恼忧愁，不为生活所逼，平静地过一辈子。"

他还是不说话。看他的房子，简易的木架构，看得出不常住人。

"本地人吗？"海水像是要将我们面前的白色木船掀翻。

我问他这里是不是就住着他一户人家？刚才的几道人影如同错觉一样从我的脑海里一抹而去。

"孤家寡人。"声音沙哑而苍老，比他的年纪听起来更老。

"靠打鱼为生？"

"靠打鱼为生。"

"就一条船？"

"就一条船。"

"就一个人？"

"就一个人。"

他像是活得非常累，对我的提问从来不愿意多说一个字。

"还出海吗？"我看看天色，万里无云，一片晴朗。

"出，已经三天没有吃饭了，怕是要饿死在这里。"

我不知道如何安慰他，翻翻荷包，所剩无几。

"不会饿死的，老天在看，何况还有船，还有勤劳的双手，只要能动，就饿不死。"。

他把他的右腿伸过来，我才发现是假肢。

"小时候，出了一场车祸，右腿被截肢，后来父母离婚，也因为残疾，没哪个姑娘愿意跟我。再后来，父母过世，微薄的社会救助无济于事，就寻思捕鱼为生。"他没有等我问就全盘托出，心直口快。

"相信我，天无绝人之路。"

他笑。"以前，我相信老天，可后来我觉得老天着实被蒙蔽了双眼，就不再信老天，开始信自己。可是慢慢地，我也开始怀疑，怀疑自己的运气和能力。现在，我就快要饿死了，眼睁睁地看着自己饿死在这里——无数人梦寐以求的理想之地——海边的一座房子前，并不是我放弃了希望，而是希望放弃了我。"

他忍不住啜泣。

"即使再不信老天，也要信自己。"

"没有办法，已经快崩溃了。"

"今年高寿？"

"八十六。"

"大风大浪都过去了，还有什么好怕的？"

"怕是就要饿死了。"

"中午吃什么？"

"已经没有吃的了。"

"有锅灶碗筷没？"

"有，有什么用呢？"

我去海岸街边的超市提回来几袋方便面和两个椭圆形鸡蛋——和达·芬奇的画一样小得可怜。

我提着食物微笑地站在他面前。

"走！中午吃一顿好的。"我尽量想感染他，尽管我也身无分文，即将成为他不停念叨着的"即将被饿死的人"。

"还能动吗？"

"动还是能动的。"他的瞳孔里闪出光泽，挣扎着站起身跟着我朝房子走去。

日头落到崖边，仿佛跌进深不见底的大海。

吃过饭，两人敞开肚皮躺在沙滩上。

"真希望晚餐能尝到新鲜鱼。"

"早上的鱼比晚上的新鲜。"

"还出海吗？"

"出，必须出。不然怎么能够吃到新鲜的鱼？"他仰头笑起来，像个孩子。我此时更倾向于"要饿死了"是他的一句口头禅。

夕阳依旧很烈，把人的皮肤晒得通红，他递给我一顶破旧的帽子，然后扛着渔具朝白色小船走去。

"不戴帽子会很晒。"

"没事，这么多年来都习惯了。"我知道这是他唯一的一顶帽子。

"今晚要去很远的地方？"

"去深海区。"听他这么说，我把仅剩的食物捆上，又灌了两大瓶子水。

"就走吗？"

"就走。来，帮我推一把。"他吃力地把船往深水里推，假肢裸露了出来。

"要划桨吗？"

"现在不用桨，都是机械马达，除了耗油什么都好。等风向变了，就开动马达，朝东南方驶去。"

"有点晕。"我说。

"歇会儿吧。"说这话的时候，船已进入深海区，老头熟练地向远处的海里抛了三四根鱼竿，鱼竿被固定在左右船舷，上面挂满了铃铛。

很快，他开始犯困，打起了盹。

船浮在波上，像是引诱人犯困的魔鬼。船上的两个人被世界无情抛弃了，无亲无故，无依无靠，漂浮在不受控制的海里，没有方向，也没有目标。

鱼竿上的铃铛隐隐作响，我以为是风吹过，没有在意，老头也在打盹。

铃铛又哗啦啦响起来了，他起身很麻利地扯起左舷第二根鱼竿，熟练地往回拉线。

"怎么样？"

"就鱼竿的承重感来说，不算太大。"

很快，鱼的脑袋就露出了浅水，鱼身却在船边不停游弋，我抄起船上的渔网顺势将其从水里一把捞了起来。

"总算没白来。"

他把钩从鱼嘴巴里起出来，把鱼扔进船舱的水池，转身挂鱼饵。

右边一个鱼竿上的铃铛也晃咧咧地响起来，他回过身来拉住鱼竿往回拖。

"有点力度，比刚才的那条要大！"

左边一个鱼竿上的铃铛也跟着响起来，他朝我使了使眼色，我抓住鱼竿往回拉扯。

船剧烈地摇晃，人就要失去重心，船舱里的鱼张着嘴巴呼吸。

"拿网过来帮一把。"他喊。

我加快了收竿的速度，也管不了有没有鱼，扯上来才发现四个鱼钩竟然挂满了一模一样的小鱼，我把鱼放进池子，抢起渔网等着。

这次上钩的鱼很狡猾，时不时猛回头，咕噜咕噜把钓丝拖出去好远，反复拉锯，老头快要筋疲力尽。

太阳一点点沉下去，波浪渐趋平缓。

老头将手中的鱼竿递给我，让我紧贴他站着。

"拿稳了，这条鱼想耗就陪它耗一会儿。"他就这样把任务交给我。

很快，鱼竿轻松起来了，钓丝一点一点地回收。

"保持！"老头拿着网往前挪了挪身子。

我感到一种无形的压力，越是到收网的时候越是小心翼翼，担心煮熟了的鸭子会突然飞掉。

鱼很快就不动了，一点也不挣扎，想必最后一丝力气耗尽了，我知道，它已经尽力了，是人太狡猾、太奸诈、太贪婪。鱼被老头用网从水里抬上船，我看见两颗血红的鱼眼睛目不转睛地盯着我。

"好家伙，足足有十几公斤重。"老头很兴奋。

"回去吗？"

"怕是回不去了，只能去中转站。"他有点无奈。

"中转站？"

"嗯。海上中转站———一艘停泊在深海的巨型轮船，专供附近海域的渔民休整。"

"应该是个不错的地方。"

"众多渔民的噩梦。"

"为何这么说？"

老头陷入深思。

暮色来得比较晚，像一张灰色渔网。

"我还是不相信我们会饿死在这里。"几抹忧郁的神色凝聚在眉头。

船在深沉的夜色里逼近了大轮船。

"真要这样做？"我还是有点犹豫，老头站在船头面色凝重。

"走！快，掉头，不上船了，直接回去！"老头转过身，吓了我一跳。我启动马达，调转船头朝向，小船擦着轮船滑过去了。

有人在轮船上喊叫，很快，声音消散在风中。

"有点紧张。"我说，"会不会有人追上来？"

"就我的判断，目前不会。"

"风有点大，待舱里面吧。"

"不，我就喜欢风浪，喜欢折腾。"

"就目前的船速，回到岸边得多久？"

"为什么不问最快什么时候到达？"

"我越来越对理想状态失望了，最坏的估计，最坏的打算。"

"估计得明天了。"

"困了可以先休息一下。"

"下午已经睡够了，现在睡不着。"

"恐惧吗？"

"何为恐惧？无非是人为造出来的无法抗拒和抵御的外部环境。"

"可为什么心扑通直跳？"

"因为船抖得厉害。"

"也许吧。"

"还有什么放不下的？"

"我是一个十分自私的人，除了我自己，没什么放不下。"

我想问问老头还有什么放不下，他没有回答我，可能他放不下的东西太多。

"我放不下这条快要渴死的鱼。"他说。我回过头发现那条鱼正张着大嘴巴，快要死了。

"我去换点水。"

"算了。"他走过去捧起鱼扔进海里，鱼很快隐匿在暗沉沉的水底。

我有点怨恨他。

"就这样打算饿死？"

"不是还有几条吗？"

"太小了，恐怕吃起来没有鱼的味道。"

"真是个疯子，为什么不把所有鱼一块扔了！"我忍不住朝他吼。

他弯下腰顺手抓起另外几条鱼丢进海里。

"船为什么没动了？"

"早没油了。"

"带船桨了没有？"

"早丢了。"

"今天怕是要和死亡不期而遇了。"

"渴吗？"

"饿，快要死了。"

"饿吗？"

"渴，快要死了。"

"一定要牢牢把握自己的生命底线，不要畏惧眼前，快了，太阳就快要升起来了，披着霞光霓裳，从蔚蓝色洋面拂过，开满了鲜花长满了绿树，有清风吹来，很多人在一尘不染的绿草滩上奔跑嬉闹着……"

"能够想象吗？试着想象。"

"我想去船舱里躺躺，好累。"

"相信我，就快要到岸了。"

"我需要光，光在哪里？"老头说。

"实在太累，就去舱里躺一会儿，也不知道这鬼船会漂到哪里去。但我希望我们都能够坚持下去，总会到岸边，总会到的。"

"瞧，这是啥？"我从裤兜里掏出来仅剩的两粒皱巴巴的糖果，向老头炫耀。连我自己都吓了一跳，我不知道这两粒糖果什么时候放进去的，在我的印象里，我极度讨厌吃糖又怎么会偷偷留下两粒？真想不通。

"兴许是哪个顽皮的孩子偷偷塞进去的，趁大家不注意的时候。"

"来，吃一粒吧。"我小心翼翼递给他一粒。

"我牙齿不好。"老头说，"一直不喜欢甜腻，小时候吃多了。"

老头剥开糖纸塞进嘴里。"也是小时候喜欢吃，长大了就不怎么吃了，坏牙齿。大牙已经差不多被虫子凿空了。"我想离他再近他也看不见，只能想象。

"这盏灯已经越来越暗了，等会儿熄灭了怎么办？"

"坐等天亮。"

"据说海上日出特别早？"

"听说过但一直没见过。"

"今天就千载难逢。"

　　"谁说不是呢？"

　　"糖果好吃吗？"

　　"很美味，让人忍不住回忆起童年，可是再也回不去了。"

　　"怀恋吗？"

　　"怀恋。"

　　"哭吧，除了我没人看见。"

　　"算了，哭太费体力，还要等日出。"

　　一阵风刮来，汽灯在一阵战栗后走完了最后的路程，我和老人堕入了无边无际的黑暗，海浪声也变得陌生。

　　"躺下来睡吧。"老头说。

　　我弯下身子，静静地躺在船舱另一头，用手臂枕着脑袋。没有星光的夜散发出缕缕幽光，我像是一只赤身裸体的海妖。

　　当第二天第一缕阳光照射在我脸上时，我感到了久违的幸福，老头已经上岸了。

　　"快过来！"老头朝我挥手。

　　我一个箭步跨上岸，老头双手正紧紧抱着一条搁浅的大黄鱼，鱼的身体比他还要大，要不是搁浅了我想再来五个人也奈何不了。

　　"估计有一百斤呢！"

　　"那可不止，我一辈子也没有遇见过这么大的鱼，真是头一次！"

　　"要拿到鱼市上去卖吗？"

"卖个好价钱，然后离开这里。"

"去哪儿？"

"最寒冷的地方。"我说。

"好，那就一起去最寒冷的地方，估计常年积雪，没有沸腾的欲望。"

大黄鱼的消息不胫而走，一批又一批的买家上门了，欲望刺激着老头绵薄的神经。我怕他支撑不住，连胳膊肘上沾满了沙土也毫不在意，像是年轻了许多，脸庞被阳光照得通透红亮。

"一百万卖给我。"一个满脸横肉的中年男人出价。

"我出二百万。"一个瘦弱的男人喊价。

"二百八十万。"一个其貌不扬的女人从人群中插进来。

"我不卖了，我要回去。"老头激动地找了几个人把大黄鱼抱起来就往回跑。我知道，他激动了，他一辈子都没有遇到过这样的场面，有点不知所措。

阳光很强，大黄鱼因为长时间脱水快要昏头。

"先找个地儿遮遮阴，回家并不一定是好的办法。"

"那就先找个地儿把鱼养起来，鱼死了，价钱可要大打折扣。"

刚安顿好，一位个子不高、看起来斯文白净的四十岁左右的男人闯进来了，手里提着一个白色皮箱。

"不能再折腾了，鱼背上的几处暗伤已经让它生死疲劳了，鱼活着还有价值，死了就不值钱了。这样，我冒点风险，四百万将这条大黄鱼买走，怎么样？"

我和老头被他的阵势吓呆了。

"四百万？"

"对，四百万，把这条鱼买走，一手交钱一手交货，钱就在这里。"他打开箱子，满箱子的钱让老头的心脏有点超负荷。

"想清楚，鱼死了只能以斤两来卖。"男人很会掌握火候。

"买黄鱼做啥？"

"做药。"中年男人毫不避讳。

"这样吧，我做个中间者，一口价五百万，付了钱，立马把鱼运走。怎么样？"我坐地起价。

男人低头沉思。

"好，就这么说定了。"男人打电话叫来了几个人，将大黄鱼装好搬上了一辆商务车，处理妥当后，男人把手提箱递给老头，又从上衣兜里拿出来一张支票，总共刚好五百万。

"两清了。"

"嗯。就这样。"我心里知道，中年男人也是在打一个赌，和时间打赌。

我和老头瘫坐在院子的角落里，相互望着，兴奋地笑起来。墙角一只壁虎悠闲地爬过。

"降温了。感觉到了没？"我在黑暗中喊老头，他没有回应。

"降温了，冷吗？"我又喊了几声，伸手过去摸老头的脸，冰凉冰凉的。

"真的降温了。"我坐起身来，内心难受，他需要好好休息。

我摸到了老头干瘪的手，枯瘦似木柴。

我感到一种冷彻心骨的寒。

船仍旧在暗夜里漂泊着，可能我再也找不到北了。

亥

　　你见过我，而我已不记得你。

　　你已经把自己牢牢困在树窖里十年了，准确地说，过完这个冷得不透气的寒冬，刚好十年。你恐怕已经习惯了所谓的"以梦为鹿，亡与桎梏"。

　　雪落地的声音比轻来得更轻，不贴着树壁听根本无法分辨雪到底下得多大，当然这些只是对于其他人而言。十年里，你练就了敏锐听力的同时，眼睛失去了最初的光泽，视线越来越模糊，肌肉萎缩，头发也稀疏脱落，皮肤日益松弛，眼角堆满褶皱，牙齿一晃动怕就要掉下来，浑浑噩噩，讲话也结结巴巴，近乎未老先衰了。

　　你对我说：我是另一个你，如果我是你的左眼，你就是我的右眼，不偏不倚。

　　"还记得最初的光景吗？"

　　"不记得了。"我怕此刻连你也快要遗忘。

　　僻静的乡村远郊，鹿角蕨在这里越长越丰茂，绿色的毯缀满地面，有因特拉肯式的山间湖泊在蔓延，树下一条杂草覆盖的蜿蜒小道连向远方，随着逆城市化的加快，村庄早已被更新，交通早已变道，人迹罕至。一株被遗漏的苍天古槐，历经了八百多年的风雨，立在这儿，投射的荫凉遮下一大片草地，你就活在树影婆娑里。

　　黑白绿成了你的欢乐颂，无情无绪，没有丰富的心理和过多的言语，任何与喧嚣有染的东西，都让你望而生畏，年复一年被紧紧包裹，驱不掉也赶不走。

　　你问我为什么不离开你？

　　"我一直企图在你的世界穿插进我的世界，在我的生活融入你的角色，或是有形，或是无形，不过，最后都以失败结尾，真是束手无策。"

　　"人各有各的命数。"

　　"我不赞同，也不反对。尽管，我或者你，不是遭遇河流此类地域上的边缘阻隔就是容易堕入颠扑不破的精神困顿，但仍努力活得比一棵树接地气，扎根，昂扬，面朝阳光。"

　　"物欲以外的生存困境，角色错位下的交叉感染，从长远看，都不是问题。"

　　"还记得槐树的味道吗？"

　　你把沾满木屑的手指甲放进左嘴角啃，一段时间后指甲长长，你就继续啃，有松木香，不知从何时起，无法停下来，看似毫无乐趣的不良癖好倒成了你枯燥生活的唯一消遣。

　　你留恋这里的一花一草一树一木，有难以释怀的童年原生环境，独来独往，躲进了一个小世界。树窖面朝东方，因为有盘根错节的支撑和铺垫，窖顶很踏实，唯一的瞭望塔似的窖口开在十米之上的树杈内侧，有浓密厚重的枝叶作天然的遮掩，即便爬上去也很难发现。这是一处极容易忽略的存在，万绿丛中一点"绿"，像芸芸众生。

　　洞口逼仄，进出有些费力，你要一直保持良好的身材。没有人知道，经历过雷击、虫噬、干枯、酸雨等反反复复的打击，树的生命驱动已生死疲劳，悄然减速，知道真相的人正藏匿在这截朽木里，犹如天然的棺椁，和外面的世界一树之隔。

　　你一直在影影绰绰里生活，名字影影绰绰，记忆影影绰绰，你是我全部的精神浓缩，而我成了另一个自由放肆的我。

　　可能你有些孤僻，你是天地间遗世独立的个体，我是社会网络的一个节点，不论是群居记忆还是单体独白，对于这个充满预期的社会，都需要，既需要个体意义的向上的流动，更需要社会性层面的整体提升。

　　很多时候，你已和树交叉融为一体，绿色而蓬勃的头发，强劲有力的臂弯，高挑健硕的身姿，远大的目光，丰沛的底气；你思量着这个连接树上树下的洞穴真是一处天然的精神避难所。你犯起了孤独病，情愿在夜深人静的时候一个人躲在密闭的树窖里发呆，不知不觉被埋进旧时光。你幻想这处洞穴能够通往另一个没有错位、生死、别离的仿生境界。

　　"你还要继续坚持吗？"

"继续坚持，必须坚持，在变化之中，在变化之外。"

"坚持=等待吗？能混为一谈吗？"

"坚持过好平淡的生活。"你把脑袋从绿叶丛中探出来，高处的空气，清新自然。

"欲望是管不住的东西，外界太热闹，欲望作祟，你知道吗，锐不可当，想发生不发生不想发生偏偏发生，刻意安排，不早不晚，真是凑巧。"不带深层次的假设，救身的医生，救心的作家，精神的栖居，交叉的角色，感染的情欲……无法分辨，理想化非理想化的理想者理想，成天在低空盘旋，导引着你、我、大家一步步抵达也一步步走偏。

"你是一个被困住的人。"

"你是一个被孤立的人。"

"你是一个患有强迫症的人。"

"你是一个患有抑郁症的人。"

"你是一个乐观的虚无主义者。"

"能说得再透彻一点吗？我榆木脑袋，点拨不化。"

你说脑壳作天阴，一到天寒地冻就昏沉，思维不清醒，怕天赋也一夜之间被剥夺，坚持不到最后。

"听我的，不管怎样，也要保持良好的精神头儿。"

"为什么？"

"我和你一样，在等一个人。"

"我在等你，你在等我吗？"

"趁早放手，没意义，以前就犯过类似的错误，让等待终于成了等待。”

“只要不是等死，就有生的希望。”

昨夜下了一场暴风雪。厚雪压枝的声响断断续续，冰冷而干脆，从高处一下下，毫无征兆地断、裂、跌、落、坠、亡。

“自然万物，此消彼长。”

“你信轮回还是风水？”

“我只信眼睛和耳朵，山川万物，或显或藏，自带磁场，正的能量，便是最好的风水场。”

“看到的不一定真，听到的也不一定真。”

“什么才是真？”

“抵达善和美，前面不远，就是真。”

“有唯物观和辩证法的口吻，能更通俗易懂吗？”

也许吧。我试着讲讲，到我不想讲的时候，希望你能让我停下来，我怕惊扰了休眠待喷的情绪潮。

曾经有人告诉我，时间变化太快，老天也会手忙脚乱、不知所措，可能会造成些啼笑皆非、祸不单行的谬误。我的一位女性忘年交，天生一副好皮囊，却情路坎坷，跌跌撞撞，遍体鳞伤，不光对爱情和婚姻彻底绝望，更是做好了孑然一身的准备。

“然后呢？”

在赌咒发誓后的一个月，她作为新娘站在舞台中央面对新郎许下相守终生的诺言，我到场祝贺，她说父母刚离异，料想无依无靠，哪知道爱情来得这么奇妙。

"真爱吗？"

"结婚的不一定是最爱的，但一定是最合适的。"她说，在她怀孕期间，被特招进空军的弟弟在跳伞训练时，伞包没打开。

"你是想譬喻交叉环境下的得而复失？"

"人总喜欢做违心的两面派。"

你说你喜欢求而不得胜过得而复失，我说我更喜欢虚惊一场。数字真是伟大的存在，能让看不见的东西一层层叠加，展示出厚重轻薄，让人心里产生负荷抛压。你假设自己正遭受着道德舆论的谴责和内心的愧疚挣扎，恰恰最难熬的不是食物与水，而是真实的内心与外部环境的破壁伤口交叉感染。

你骨子里渴望自由，渴望人性，渴望温暖，渴望打破自我人为的藩篱，突围出去。

比束缚更可怕的，是无法同过去坦然告别。或许这只是一处阴冷潮湿的树窖，但于我而言，是忏悔的心灵世界。每个人都是社群记忆中的一道影，大时代，小时代，人人都在尝试摆脱、逃离、改革、开放、拥抱、告别，过程里有伤痛、背叛、欺诈、苦难、病态；村落、乡镇、城市，每个阶段，每类群体身上都会或多或少引起一些连锁反应，哪怕是交叉感染留下的创伤，也能在时代的脉搏里重新愈合。

如何同过去挥手告别？

告别之前，先学会哀悼，请所有与己无关的人或事节哀顺变。只在弯腰低头的一瞬间，鼓起重新爱人的力量，让爱萌芽。

"还恐惧吗？"

"当全世界只剩下我一个人的时候，应该会有一点。"

我努力让自己冷静，不去挑拨神经，童年时光、熟悉场景、成人愿望、错位角色……就怕挂一漏万，让人难堪，你笑着说：你不觉得这一代人活得太压抑太孤独吗？！

"有种感觉亘古不变。"

"什么感觉？"

"似曾相识。"

"似曾相识……燕归来？笑死我了。"

"你不会理解。"

"等到天荒地老？"

"你在说笑。"最初带进来堆在树窨角落里的一大堆书，早已成灰成尘，你准备将来的一天把眼前的朽木打磨成感染知识的书桌，重温余温。

你等的人始终没来，听不见任何脚步声。连雄性耗子和雌性耗子的消化系统都分得清的你，还能辨别高树的风向和驯服凶猛冷血的毒蛇。

"即便如此，还是想自作多情。"

"没有结果也等？"

"对，没有结果也等。"等，原本就是过程，无所谓结果。

"不过，最近老是听见树窨外有女人哭，距离很远也很近。"你预感她回来了。

"确定吗？"

"不确定，但我要去看看，就在今晚，头顶风雪。"

"决定了？"

"一念，十年，要去，坚决要去。"

"从树上的洞口出去吗？"

"不，打破壁垒，从正面大胆突围，脚踏实地走出去。从树顶滑，是小孩子的玩意儿。"你的内心平静，坦然，无拘，无束。

"你还会回来找我吗？"

你没有回答，只是浅笑。黛蓝色的苍穹，撒下斑斓的银光，淡淡的冷香在夜空弥漫，深林里有麋鹿在回眸。

雪悠悠地落下来，大地乳白而轻盈，转身回望来时路，万千诀别，深浅不一。冷锋过境，树顶积雪抖落，露出绿而葱茏的冠盖，直觉告诉你：你永远摆脱不了我，我也永远替代不了你。

写在尾幕

在长篇小说《交叉感染》之前，我没有认真写过小说，七年前仅有的一部中篇小说《岩泊渡》，虽说获得过凤凰网首届原创文学大赛奖，已被我毫不留情地从七万多字删减到 2.5 万字，仍觉失望。这就像青春时期的爱情，青涩夹杂美好，此时心，彼时情。

写小说前，我写过散文，也写过少量诗歌，还写过针砭时弊的政论文章，相较于虚构的小说，私以为这些能够更加直面现实。生活的混沌模糊扼杀了诗歌的灵性，散文看上去成了最后的信仰救赎。大学时期写文章，大部分是为了吃吃喝喝或免费旅游，以及微不足道的成就，弄花掬水的手不得不捧起吃饭的碗筷。如今，可对青天白云发誓：写文章并非主要为利，热爱占大半。但我对待任何一部作品都神圣而认真，无论结局如何，只要从第一个字开始写，就一定要划上一个满意的句号，这仿佛成为一种信仰。写作的过程对我而言是快乐的、享受的，我不希望成为稍纵即逝的快感，这快乐就是期待有一天能将心中所想脑中所思转化为纸上文字，引导一部分人，感染一部分人，然后开启新的篇章。似乎，只要我想并为之努力，结果就能如我所愿。

　　人不活跃，就会死去。抵达南京南是在傍晚，和任何城市的傍晚没有两样，暮色匆匆，人潮汹涌。关于这个地名我在来时的高铁上做过百般设想，一同前来参赛的伙伴们如果各自发挥所长，集体写一部关于逃离或者聚集的小说，捎带就有拍成微电影的潜质。这超脱了获奖的意义。十年间，从20岁到30岁，写过一些文章，走过一些地方，到过一些国家，也经历过一些人，现实远比任何一部小说都精彩却写不出来。渐渐觉得，没有什么地方非去不可，没有什么人非见不可。这部小说我断断续续写了两年多，加上后来的修改，到2016年足足有三年光景。从大学毕业到度过人生第一个低谷期，这部小说也从不成熟到日臻完善。中途有几次都想放弃，最开始的结局要现实也要残忍得多，后来一觉醒来直接替换成了现在的结尾，原来一万多字的结尾被我尘封在了文件夹里。或许，很多人都接受不了。

　　文学路，道艰曲折而精彩。关于创作，秘诀就两个字，一个是创，一个是作，既要练习，也要开创。练习是积累，量变，开创是升级，质变。大学毕业前夕，我将几十万字的修改稿付之一炬。同学们问我为啥烧掉书稿，我说不想留下手稿。毕业后，作为一名创作者是孤独的，要谋篇布局，要结合外部环境，要分析组织策略，要保持充分耐心，要有时间概念，要有分销安排，一个步骤都不能错，既费神经也死脑细胞。

从南京博物院出来，有人正在摆摊烤五香豆腐和狼牙土豆，是一位中年大叔，他似乎看出了我的饥饿，夹了一片让我试味，豆腐和土豆我各买了一份。豆腐香不香先不说，土豆一点都不像狼牙。还没吃完，大叔拖着烧烤车飞也似的跑了，有顾客追着付钱，以为是城管，原来来了一辆大功率洒水车，尘水飞溅。

午后的梧桐叶，被阳光裁剪成金黄，点缀在马路上。沿着高低起伏的人行道走了约四十分钟，实在疲惫，坐在街边一家镶有落地窗的超市高椅上睡着了，一觉醒来，咖啡已凉，也不敢喝。到先锋书店门口时，已经四点多，是一处众人打卡的网红书店，防空洞构造。购买了一份"先锋盲选"，尽管旁边制成牛奶袋子一样软的书壳包装袋更吸引我。人影穿梭在镂空的书架里恍如迷宫。我感到空气不流通，有点窒息，坐在小凳子上缓和。拍照的人比看书的人多，看书的人比买书的人多，年轻人比老年人多，女人比男人多。我不禁担忧起我的长篇小说出版后的销量。这也是很现实的问题。当然，线上渠道和便捷的电子书也蕴藏无限可能。回程路上，我打开盲盒，一本北岛的诗集，一本陈传兴的《银盐热》，一本李修文的《山河袈裟》。

机缘巧合，我曾目睹过我小说里的那棵树，枝干粗大，僵而不死，是棵神树，初对视的一瞬间，如闪电霹雳，我都归因难得的际遇。

这部小说的授奖词是这样的：

小说灵活转变第一人称与第二人称叙事视角，娴熟切换叙事时间，从现实生活中淬炼出灵光一闪的哲思。小说具有婉郁从容的成熟文风，兼具有滋有味的烟火气和峻严深沉的思索，叙事者努力寻求超拔，并以开放式结局给读者以绵袅的余味。

我努力让一部小说看起来不那么像一部小说，也努力让这部小说里的主人公看起来不像主人公，甚至无名无姓。言语对白代替曲折传统的故事叙事，我也想方设法寻求一种结构上的转变与创新。而这些，又何其艰难。

写这篇文章时，我刚修改好第二部长篇小说的某个章节，小说的出版或将让我更加有信心写好接下来的作品。颁奖礼上，苏童说，要想成为一名伟大的作家，耐心和持久度是关键。很多时候，我们不知道作品完成后的反响程度，要么期待获奖，要么期待畅销，长此以往，很多作家难免产生焦虑心理，这对于成长为一名优秀的作家是极为不利的。最近，晚上老做梦，回环往复地想《漫长的告别》这部作品的名字，越想越觉得这个翻译过来的题目真是好，为啥我就没有想出来，再一看，雷蒙德·钱德勒几十年前就想出来了。这和一名作家想耗费毕生心血创作出一部流芳百世的作品一样，可遇不可求，唯有坚持下去才能有朝一日下个路口见。

生活的无所适从，价值角色的错位和叙述危机，使文学表现陷入困境。我们在未来的道路上，不能再走传统老路，不能再拾人牙慧，更不能闭门造车，要争取创造一点新的东西出来，哪怕前期不成熟，也能发出历久弥新的光芒。如果不是生活所迫，我会一直坚持写下去，下个十年二十年三十年。而我也坚信，伟大的作品正在前方等我，时间和空间会为我佐证，每个人的天赋和努力终将实至名归。

我从椅子上下来。稍微平复了一下激动的心。

回想我的写作生涯，大部分文稿都是在餐桌上写的，到现在都没有个完整的书桌，总是因为各种各样的考虑忽略了自己读书人的位置。当然，在哪里写不重要，能写成什么样才是最重要的。有人说我写得真实如同亲身经历，我说我这个年纪哪能经历那么多诡谲美好的故事，无非是别人的故事借我的口吻说出来而已，再就是形形色色的电影题材，都是宝贵的灵感来源。但如果缺点天赋又是无法进行二次创作的，想象力和持续的生命力是创作的源泉。追求一种自然而然的情感喷发，比为了写而写永远要高明。

翻翻七年前出版的第一本散文集《赫尔德瓦尔的河》，是青春，是成长，是记忆，是支持也是感恩。看看后记，我写了很长很长的话，也感谢了很多人，有些人已经离开，有些人依然在，这些都是人生不可多得的际遇。这部小说的完成地是长沙，是我成长的地方，也是我曾工作的地方，还是我完成人生阶段目标的地方。顺着该部小说的创作轨迹，添上最后浓墨重彩的一笔：感谢父母家人陪伴支持，感谢母校吉首大学书记、校长等领导关心支持，感谢旅游与管理工程学院书记、院长等领导支持厚爱，谨就此书，感谢所有默默关心支持我的挚友们！人生之路，每个人都算数，希望今后的人生也能与大家一同前行。

　　最后，谨向全力以赴将我培养成为一名真正作家（或与之相近者）的《青春》杂志社、南京出版社、各位编辑，献上我难以言表的感激之情。是为后记。